靈能之森

05 無咎之心

A Faultless Heart

-The End-

七夜荼×嵐月

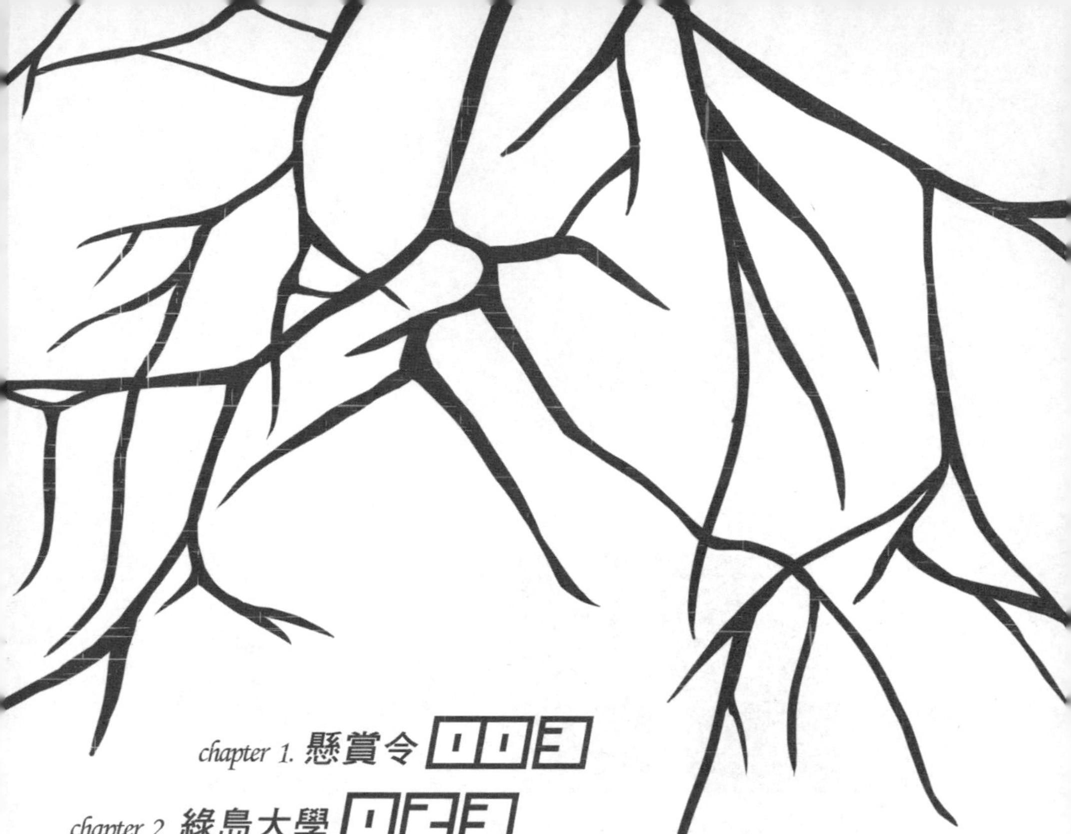

content 目錄

001 懸賞令

金色的九月，收穫的時節——

在經歷了春的萌動和夏的醞釀後，世間的萬物都迎來了見證成果的日子。濕潤的季風從海上吹來，帶著麥香味飄進了校園。龍耀依舊坐在老位置上，依舊望著窗外的校園發呆。葉晴雲也依舊坐在他的隔壁，依舊在因他不認真聽課而擔憂。

但與過去一年的情況不同的是，他們兩人周圍的同學都改變了。因為剛剛經歷過一次高三分班，所以大部分同學都被調往了其他班。當然，也有同樣多的學生被調了進來，而胡培培便是這些人中的一員。

001 懸賞令

胡培培的座位就在龍耀的前方，一舉一動都在龍耀的監視之下。

班導師在講臺上做著激昂的演講，就像是在發動戰爭動員令一般。他不斷的強調高三這一年的重要性，會影響到一個人的升學、就業、婚配、生育、養老，甚至是骨灰盒的尺寸。

胡培培無聊的打了一個哈欠，偷偷的趴在桌上打起了瞌睡。可忽然身後傳來了「卡嚓」的快門聲，龍耀竟然把她上課偷懶的樣子拍了下來。

「喂！變態，拍我的睡姿，你想幹嘛啊？」胡培培低聲問道。

「發到微博上去，標題就是『女高中生，夜晚援交，白天睡覺』。」

「啊！你用不用這麼惡毒啊？想讓大家都嘲笑我嗎？」

「不，我只是想引起社會關注，讓大家都來救助不良少女，尤其是妳那當警察的爸爸。」

「呃！千萬不要讓他看見啊！」胡培培趕緊端正起了坐姿，以防被龍耀拍到不雅照。

龍耀在手機螢幕上觸摸了幾下，將照片作為「罪證」收藏了起來，道：「好好聽課，我會監視妳一年的。」

「唉！這可真是孽緣呀，沒想到我們會被分到同一個班級。」胡培培無奈的感嘆道。

「哼！笨蛋，妳以為這只是巧合嗎？」

「難道不是嗎？」

「我昨晚修改了電腦排位系統。」

「啊！你……」胡培培一時忘記了在課堂上，忍不住起身扭頭大叫起來。

全班學生的目光都聚集過去，讓胡培培的動作顯得格外扎眼，就像擺在展臺上的雕像一般。

龍耀輕輕的低下了頭，道：「笨蛋！」

胡培培呆呆的愣在了當場，接著聽到班導師的喝斥聲，「胡培培，到走廊罰站去。」

班導師的胖臉上掛滿汗滴，頭頂上可以看到一片油亮，那兒的頭髮已經不多了。在過去一年的時間內，班導師的脫髮比過去十年都多，這其中90%要怪到龍耀的身上。

「咦！我……」胡培培一臉的無奈，扭頭看了一眼龍耀。

龍耀拂了拂額前的頭髮，道：「老師，體罰學生是不對的。」

班導師的嘴角起了一陣抽搐，道：「用不著你來教育我，我吃的鹽比你吃的米都多，過的橋比你走的路都多。」

「老師，話可不能這麼說。『昔仲尼，師項橐，古聖賢，尚勤學』，孔子比您吃的米、過的橋都多吧？可他還要拜七歲的小孩子為師呢！」龍耀淡然的看著窗外，道：「所以，您應該謙虛一點。」

「我、我、你、你、你……」在班導師氣得說不出話的這幾秒，頭頂上又有幾根頭髮脫落。

「唉！其實您的工作態度一直很認真，教學水平也算得上是出類拔萃，可您卻一直沒有機會升遷，這最主要的問題還是因為您脾氣太大了。」

「你管得也太多了，先管好你自己吧！」班導師氣得攥碎了粉筆，問道：「計畫好高中畢業後的出路了嗎？」

「繼續讀大學。」

「那選好大學了嗎？」

「當然。」

「哪一所？」

「還不知道名字。」

「啊！名字都不知道，算什麼選好啊？選大學可要慎重啊，這會影響到你一生。」班導師又開始老生常談了。

龍耀捏著下巴想了一會兒，道：「老師，我明天想請一天假，去大學看一下。」

「什麼！又要請假？」班導師的嘴角抽搐個不停，道：「這才剛開學啊！」

「我決定聽從您的教導，慎重的去實地考察一番。」

「不行！這種請假理由，我可不能准許。」

「那要我改請病假，可以嗎？」

「啊！」

「唉！您這不是逼著我撒謊嗎？」

班導師無奈的搖了搖胖腦袋，又有幾根頭髮隨風飄落了下來，道：「算了、算了！你想怎麼樣都可以，只要別給我惹麻煩就行了。」

「放心吧！我什麼時候給您惹過麻煩？」龍耀信誓旦旦的道。

班導師的嘴角抽搐了兩下，指了指已經半禿的腦殼道：「你給我惹的麻煩還少嗎？」

正在這時，放學的鈴聲響了起來，胡培培也不必罰站了，躲避著班導師的目光，隨著人流溜出了教室。葉晴雲收拾好了書包，斜睨了龍耀一眼後，向著胡培培的背影追去。

其實，自一個月前的「天海一線決」事件後，葉晴雲和胡培培便搬到龍家居住了。原先葉晴雲不住在龍耀家裡時，每次放學都會與龍耀結伴而行，但現在反而怕被同學說閒話，所以改成到學校後牆處集合了。

待兩女離開十分鐘後，龍耀才慢吞吞的起身，捏著下巴走出校門。

學校前的馬路熙熙攘攘的，充滿了高中生的歡聲笑語。但龍耀不喜歡這種熱烈的氣氛，因為這會干擾冷靜的思維，所以他在第一時間就轉進了小巷。

正當龍耀準備享受一段安寧時，忽然看到小巷中堵著一座「黑塔」。龍耀認識這座「黑塔」，他的名字叫做劉重，是靈樹會的戰鬥教官。

劉重挺直了一米八多的魁梧身軀，充滿肌肉的肩膀緊緊的倚在牆壁上，黑似鍋底的臉上沒有一絲表情，只是臉上的手印似乎變得更紅了。

「劉重，有什麼指教？」龍耀的表情非常冷淡，手指悄悄探入袖中，隨時做好迎擊的準備。

劉重也不與龍耀多廢話，猛的揮出一記沉重的直拳。拳勁夾雜著狂風噴出，摩擦著兩旁的巷壁，如同鋒利的刮刀一般，鑿下大片的混凝土石塊。

龍耀的雙眼猛的瞪到了最大，瞳孔中流動著晶瑩的光芒，體內的靈氣高速流動起來。一瞬間，四周的一切都變慢了。飛揚的塵土、爆裂的石塊、捲動的空氣，甚至劉重手臂上的肌肉脈動，都在龍耀的眼中定格住了。

下一秒鐘，龍耀的腰身向後方一折，同時抬手彈射出龍涎絲。五條龍涎絲裹著靈氣，以詭異的角度穿過，纏繞在劉重的手腕上。

拳勁擦著龍耀的面門沖過，呼嘯著沖出了小巷的盡頭，撞擊在巷外的一輛汽車上。小汽車就像是被火車撞到一般，被拳勁和牆壁擠壓成了一塊「餡餅」。

龍耀捲身翻轉了三百六十度，兩隻手抓緊龍涎絲，順著劉重的拳勢一拉。劉重的舊勁剛用完，新勁還沒有生出來，手臂被龍涎絲這麼一扯，下盤的腳步頓時踉蹌起來。

藉著龍涎絲線的反彈力，龍耀向著劉重的肩頭斜著彈去。在兩人擦肩而過的一瞬間，龍耀的左手夾出兩根針灸針，向著對方腦後頸椎骨的接縫拍去。

劉重的反應雖然沒有龍耀快捷，但卻擁有豐富的戰鬥經驗，當即將兩隻巨臂向兩側打開，猛的捅進兩邊的牆壁之中。

「嘩啦啦」的一陣響，就像鐵犁耕耘土地一般，劉重的手臂劃破了牆壁，這才穩住前傾的身子。同時，他像熊似的低吼了一聲，將體內的靈力提升起來。靈力如同一層黑色的鎧甲，將劉重的身體包裹起來。

「噹噹」的兩聲清脆的響聲，龍耀的針灸針崩斷在鎧甲上。劉重的手臂肌肉猛的膨脹起來，將混凝土像是豆腐般的攪碎，然後向著後方的龍耀就是一拳。

但龍耀卻提前預感到這一招，沒有按常理落到劉重的後方，而是雙手在小巷牆壁上一撐，身體倒著懸浮在劉重的頭上。劉重的拳勁呼嘯著撲出小巷，將街道另一邊的汽車砸碎了。

在感覺到拳勁擊空的同時，劉重就向著上方踢出一腳，腳力如同劈山的巨斧一般，劃出一道黑色的半月形弧刃。

龍耀依然保持倒掛的姿勢，雙腳蹬在牆面上支撐著身體，雙手運用起了靈能要訣，道：「奪天地一氣！」

四周的空氣頓時一滯，接著風的方向改變了。小巷兩側湧起了狂渤的風，帶著濃厚的靈氣聚向龍耀。龍耀的雙手裹著一團靈氣，猛的夾住了劉重的腳刀。

在「奪天地一氣」的靈訣引動下，龍耀的雙手持續的吸收靈氣，竟然將劉重的弧刃吸掉了。劉重感覺體內的靈氣正被吞噬，便猛的把另一腳也踢飛了起來。

龍耀深吸了一口氣，接著運用出道術，「一氣化三清。」

太極圖案在龍耀的手中一閃而逝，吸納在雙手中的靈氣瞬間放出，在半空中幻化成劉重的身影，與劉重的真身做出了相同的動作。

轟然一聲爆響，幻影與真身的雙腳撞擊在一起，劇烈的碰撞釋放出巨大的熱量，滾滾的熱浪向小巷兩側湧出，外側大街上的綠化樹瞬間變成焦炭，同時傳來無辜路人被灼傷的慘叫聲。

幻影在打出這一招後，蘊含的靈氣也耗盡了，化成白煙飄向空中。但劉重的真身卻越戰越猛，身上的黑色鎧甲變得越來越真實，由輕飄飄的氣態逐漸結成固態！

龍耀的眼神突然一凜，敏感的發覺情形不對。

那件鎧甲起初只是虛無的能量，但現在卻變成了實在的物體。由虛轉實，由無生有，這究竟是怎麼一回事？

龍耀看著劉重的拳頭迎面打來，決定用自己的身體來探究一下。

劉重的拳頭包裹在黑色的拳套中，如同火箭一般轟向龍耀面門。龍耀將雙眼慢慢的閉上，暗自發動起了「一氣化三清」。

龍耀等到拳頭接近鼻尖的一瞬間，才突然將脖子向旁邊稍微一歪，拳勁擦著他的脖子猛衝了出去。龍耀趁勢向下方猛的一墜，落到了小巷的狹窄地面上，同時伸手抓住了劉重的腳踝。

劉重雖然格鬥的功夫非常好，但由於體形過於龐大的原因，無法在一些細節上做到精湛，遇到龍耀這種靈活機敏的對手，就會落入現在這種捉襟見肘的窘境。

劉重被龍耀從半空中拉落了下來，像是一塊隕石似的砸在了地上。龍耀順勢跳到劉重的身上，彎腰伸手插進了黑色鎧甲的縫隙，然後雙手用力想將鎧甲撕裂開來。

但劉重卻突然大吼一聲，一股狂暴的靈氣噴湧而出，如同噴泉似的將龍耀擊飛。接著，劉重猛的站起身來，一把揪住了龍耀的手臂，將龍耀摔在地面上，就像他剛才被摔時一樣。

劉重使用出軍警用的絞殺術，粗重的雙臂從後方勒住龍耀，死死的扼住龍耀脖子上的動脈。

在龍耀準備掙扎起身的時候，劉重猛的將雙臂向旁邊一扭，頸椎處馬上發出了清脆的響聲。

劉重將斷掉脖子的龍耀扔在地上，遮在鎧甲中的黑色臉龐有些茫然，那雙眼神中透露著幾分見慣生死的冷漠，還有幾分兔死狐悲的悲涼之感。

「決戰過後，心中餘留的盡是空虛，我能理解你現在的感受。」

一個聲音忽然在劉重的頭頂響起。

「咦！」劉重抬頭看向了上方，見龍耀坐在小巷的牆頂。劉重又趕緊低頭望向龍耀的屍體，見那「屍體」緩慢的幻化成一團氤氳的靈氣。

「可惡！是用道術製作的替身嗎？」劉重一拳砸在小巷的牆壁上，打出了一個圓桌似的大洞，道：「我剛才就覺得你死得太簡單了。」

「你身上的鎧甲是怎麼回事？」龍耀問道。

劉重猛的震動了一下身體，將黑色的鎧甲震成碎片。碎片剛一從肌肉上剝離，就在半空中化成了靈氣。

「你一直在使用著這種靈術，難道還不知道這種東西嗎？」劉重反問道。

「咦？什麼意思？」龍耀的眉頭輕輕皺了起來，仔細回味了一下鎧甲的手感，大腦中泛起了億萬的信號，無數的「可能性」一併湧動了起來，最終最大的那個「可能性」佔據了大腦，「難道你身上的鎧甲和我的龍涎絲是同一種東西？」

「哈哈！我還以為葉可怡教過你『靈器』，所以你才能把靈氣化為絲線，沒想到這竟然是你自悟的。」

「靈器？」

「天才不愧是天才啊！」劉重長長的嘆了一口氣，道：「也許你真的可以超過那個在我臉上留疤的人。」

「劉重，你今天有些古怪啊！」龍耀從牆頭跳了下來，看了一眼外面的街道，道：「你搞出這麼大的動靜，不怕觸犯玄門的戒律嗎？」

玄門戒律第一條就是守密，即不能讓普通人知道玄術的存在，所以玄門中人嚴禁在公眾場合出手。但劉重這一次的行為顯然是違反了戒律，小巷外面破碎的汽車就是最好的證明。

劉重回頭望了龍耀一眼，道：「難道你還不知道嗎？」

「知道什麼？」

「東方玄門已聯合對你下了懸賞令，所有門派都能緝拿你，而且可以有節制的違背戒律。」

「有這種事？」

「你在『天海一線決』的時候，殺了一名西方的高階魔法師，對吧？」

「不錯！」

「西方魔法協會發出了抗議，要求東方玄門嚴懲凶手，否則將要發動玄門戰爭。」

「你是來賺懸賞的？」

「我對那東西沒興趣，我只為靈樹會辦事。」

「那你今天來做什麼？」

「我是想詢問你一件事。」

「說來聽聽吧！」

「你知道你媽媽的過去嗎？」

龍耀打量了劉重一眼，道：「這跟你有什麼關係？」

「只是隨便問問。」

「我媽媽只是一名普通人。」

「看來你也不清楚啊！」

就在這個時候，小巷外傳來腳步聲，葉晴雲和胡培培衝了過來，堵在外面的出口處。劉重扭頭看了一眼葉晴雲，黑鍋似的臉上沒有任何表情，轉身邁步從另一側離開了現場。

小巷外很快響起了警報聲，想必是爆炸聲引來了警察。

龍耀暫時放下心頭的疑惑，道：「我們走。」

葉晴雲和胡培培緊隨著龍耀，三人穿過狹窄陰暗的樓間小道，轉眼間遠離了剛才的交戰地。

見龍耀的腳步放緩之後，葉晴雲才追到他身邊，問道：「劉重找你做什麼？」

「只是詢問我一個問題。」龍耀道。

「什麼問題啊？」

「關於我媽媽的過去？」

「沈麗阿姨的過去？他問這個幹嘛啊？」

胡培培在一旁聽著，裝出很聰明的樣子，捏著尖俏的下巴，道：「一定是喜歡上沈麗阿姨了，劉重那種傻大個肯定缺乏母愛，所以對人妻特別的感興趣。」

龍耀和葉晴雲一起扭頭，面露驚訝的盯著胡培培。

胡培培露出一副受寵若驚的表情，驚喜的道：「你們終於認識到我的智慧了嗎？我早就告訴過你們，我可不是笨蛋啊！」

龍耀和葉晴雲把頭扭了回去，然後不約而同的搖了搖頭，一起道：「比想像的還笨。」

「你們……」胡培培被氣得頭冒青煙。

一輛轎車從後方緩緩駛近，來到與龍耀三人平行的位置時，後車窗搖下，露出葉可怡的臉。

「姑姑。」葉晴雲叫道。

「晴雲，在外面住的還習慣嗎？」葉可怡微笑著問道。

坐在駕駛座上的王風鈴也探過了頭來，道：「龍耀有沒有欺負妳啊？如果他做了什麼對不起妳的事，一定要找師姐我來幫妳出頭啊！」

「哼！說大話前，也不看看自己的斤兩。」龍耀冷哼了一聲。

「嘿！你這個臭小子，別以為到了LV5，就很了不起了啊！我只是懶得鍛鍊而已，否則早就到LV7了……」

王風鈴比劃著雙手想吵架，龍耀卻揮手制止了她的話，轉而問道：「葉阿姨，我剛才遇到劉重了。」

葉可怡的眉頭皺了皺，道：「哦！他找你幹什麼？」

「他詢問關於我媽媽的事，不知道是出於什麼目的。」

「咦？」葉可怡陷入了深思之中。

這時候，王風鈴又插嘴了，道：「一定是喜歡上沈麗阿姨了，劉重那種傻大個肯定缺乏母愛，所以對人妻特別的感興趣。」

龍耀和葉晴雲再次露出震驚之情，葉可怡也無可奈何的搖了搖頭。只有胡培培露出了笑容，與王風鈴擊了一下拳頭，道：「哈哈！英雄所見略同。」

葉可怡也不清楚劉重的目的到底是什麼，但可以確定這不是靈樹會交代的任務。雖然這條情報並不能幫到龍耀分析問題，但至少可以確定沈麗的安全不會受到危害。

「另外還有一個問題，就是劉重提到了『靈器』，這到底是什麼東西？」龍耀問道。

「哦！你見到劉重使用靈器了嗎？」葉可怡問道。

「是的，一副黑色的鎧甲。」

「靈器是一種靈能玄術，能將靈氣轉化成實體。」葉可怡開始解釋了起來，眼鏡上閃爍著學者的光，「一般來說，靈器是在等級達到LV5後，才能在高級靈能者指導下練習。但有一些天才級的靈能者具有天賦，從一開始就擁有自己獨特的靈器。」

「我當然知道我具有天賦，但是我感覺我的龍涎絲……」龍耀突然停下了話語，睿智的眼睛轉了兩圈，道：「不對！妳剛才誇獎的人不是我吧？」

王風鈴突然露出了得意的神采，道：「你以為師父是在稱讚你啊？那個『天才』指的是姐姐我哦！」

王風鈴搖晃了一下兩隻手臂，白皙的小臂內側閃爍著靈光，就像肌肉要從中間裂開一般。兩柄乳白色的骨刃時隱時現，好像隨時要從靈光中彈射出來。

「啊！沒想到妳這種笨蛋，也有可取之處啊！」龍耀驚訝的道。

「你……」王風鈴剛想發作，又被葉可怡按住了。

葉可怡微笑著道：「風鈴從一開始就有靈器，的確可以稱之為『天才』。但她跟你仍然是沒法比的，你是不具有靈器的先天天賦，而憑自己的才智強行領悟了，這才是讓所有人驚訝的才能。」

「哼！師父就會誇別人。」王風鈴不悅的噘起了嘴。

「呵呵！是真的。妳先天就具有『靈器』，而晴雲先天擁有『靈場』，都是百里挑一的優秀人才。但這些跟龍耀的天賦是無法相比的，他的領悟和學習能力是萬里無一的。」

龍耀的眉頭輕皺了一下，又道：「那靈場跟靈器有什麼關係？」

「靈場和靈器可以說是同一類東西，都是將體內的靈氣轉化成物質。但從物理學的分類上看，靈場是向『波』的方向轉化，而靈器是向『粒』的方向轉化。『波』和『粒』是物質的兩種基礎形態，你可以朝物理上的概念去理解。」

「可以同時修行靈器和靈場嗎？」

「不可以。靈場和靈器是靈能者自身靈魂的投影，一個人不可能同時具有兩種相反的能力。除非……」

「除非什麼？」

「除非那人有兩條命，且另一條命沒有靈器，那就可以修行靈場了。」葉可怡說出了假想中的情況。

龍耀輕嘆了一口氣，道：「那我就不能修行靈場了？」

「應該不可以吧！」葉可怡有些不確定，畢竟龍耀是個特例，有很多不可能的事，已經被龍耀推翻了。

「靈場比靈器，更加強力吧？」

葉可怡思索了一下，道：「雖然說，兩種靈能沒有高低之分，但的確靈場更加強力，而且數量上也更少。所以說，晴雲是很稀有的靈能者，你一定要保護好她啊！」

「這我知道。」龍耀點了點頭。

葉可怡舒了一口氣，道：「其實我今天來見你們，主要不是為了說這些，而是要警告你一件事，道門已經對你下達了懸賞令。」

「我已經從劉重那裡聽說了。」

「哦！其實，你也不用太過擔心。我相信玄門之所以聯合下懸賞令，只是因為迫於魔法協會的壓力。只要把風頭最緊的這段時間避過去，那懸賞令就會稀裡糊塗的流產掉了。」

龍耀的嘴角輕輕的聳動兩下，語氣之中帶著一絲嘲諷，道：「還真夠官僚主義的。」

「你最好離開本市一段時間。」

「有這個必要嗎？」

葉可怡輕嘆了一口氣，道：「龍耀，我知道你想將事情鬧大，然後趁機把玄門的秩序重整，但君子不立於危牆之下，你必須首先保證自己的安全。」

葉晴雲下意識的抓住龍耀的手，道：「你就聽一下姑姑的話吧！」

「讓我考慮一下。」龍耀抬頭看向了遙遠的地平線，紅日像一粒成熟的紅柿子似的，搖搖墜墜的沉入了黑暗之中。

002 綠島大學

龍耀回到家的時候，莎利葉早已經返回了，正坐在沙發上吃零食。紫色的長髮垂在沙發後，就像一道自九天懸下的銀河一般。維琪坐在沙發的另一端，研讀著手中的半本《最終遺言》。金色的捲髮打著層層的波浪，如同夕陽中的漫天雲霞似的。

在兩個女孩中間的抱枕上，沈麗的寵物兔子正在看電視，兩條後腿靈巧的拍著遙控器，慢慢的尋找著喜歡的電視節目。

艾憐看到龍耀回到了家，便飛撲進了他的懷抱中，道：「哥哥，你回來了。今天我遇到叔叔艾威了。」

「哦，他說什麼了？」龍耀撫摸著艾憐的頭髮問道。

「說要接我同他一起生活，說你的時間已經不多了。」

「哼哼！」龍耀發出了一聲冷笑，猜測艾威也知道了懸賞令，所以認為他快要被殺了。

「叔叔還向我打聽培培姐的事。」

「哦！不愧是老情人啊！」龍耀嘲弄的笑了起來。

胡培培打開了冰箱門，豪邁的喝著西瓜汁，「哼!那是他一廂情願的，跟我可沒關係啊!」

「哥哥，到底出什麼事了？」艾憐有些緊張的問道。

「放心，哥哥不會有事的，妳去書房做功課吧。」龍耀將艾憐哄進了書房。

莎利葉吃著甜食，雙眼緊瞪著電視，道：「有什麼新情況？」

「由於魔法協會的施壓，道門對我下達了懸賞令。」龍耀道。

「劍皇回到歐洲已有一個月，戰爭為什麼還沒有爆發？」

「不知道，可能遇到了阻礙吧。」

「劍皇會不會反悔啊？」

龍耀的瞳孔慢慢的收縮了起來，雙眼中逸出逼人的精光，道：「應該不會的，因為我們有同樣的目的。」

「哥哥，你會不會有危險啊？」維琪撲進了龍耀的懷中，豐盈的胸脯壓了上去。

「比這更大的危險都已經挺過去了，這次算不了什麼。」龍耀冷靜的道。

「可是維琪好擔心啊！總覺得這次更加凶險了。」維琪搖晃著性感的身材，趁機在龍耀身上撒嬌。

葉晴雲看著維琪擺出各種撩人的姿勢，臉上禁不住飛滿了紅霞，道：「你們知不知羞恥啊？」她趕緊上前抓住維琪的後衣領，將維琪像膏藥似的揭了下來，然後重重的按在了沙發上。

「哼哼！嫉妒的女人最難看了。」維琪一臉得意的嘲笑著，又把《最終遺言》翻了開來。

半個小時後，沈麗和林雨婷一起駕車回來，這個家的常住成員終於到齊了。

沈麗依然穿著白色試驗服，雙手提著剛買的蔬菜和肉魚，一進門就招呼女孩們幫忙做飯。林雨婷身著黑色的套裝，兩隻手也提著一堆大包小袋，肩頭還歪夾著手機正在談業務。

「媽媽，怎麼買這麼多菜啊？」龍耀有些奇怪的問道。

就算是家裡的成員多達八人，也不需要買這麼大的量啊！這簡直就像是世界末日來臨，正在儲備長期避難的生活品一樣。

「下班的時候接了一通電話，你爸說明天要回家休假。」沈麗高興的說道。

龍耀的父親長時間在外地工作，已經有一年的時間沒見面了。這一年的變化可謂是天翻地覆，僅家庭成員就多出了五個人。如果龍耀的父親現在踏進家門，恐怕第一反應就是進錯門了。

「啊！叔叔要回來了嗎？怎麼這麼突然啊？我還沒做頭髮呢！」葉晴雲拉了拉髮梢，有些緊張的說道。

「唔！妳只是頭髮分岔了而已，我這幾天都在實驗室裡，連黑眼袋都要冒出來了。」結束業務洽談的林雨婷揉著眼角道。

「哼哼！妳們兩位『阿姨』就不要掙扎了，再好的化妝也抵不住歲月的侵襲。」維琪拉起打著自然捲的金髮，又眨動了兩下水汪汪的藍眼睛，道：「看來明天是我贏定了！爸爸一定會喜歡我這個兒媳的。」

「早熟的小丫頭！」葉晴雲和林雨婷一起罵道。

龍耀冷靜的坐在沙發上，道：「我明天要外出。」

「咦！」女孩們都愣住了，問道：「你要去哪裡啊？」

「還不知道。」龍耀捏著下巴道。

沈麗從廚房探出頭來，道：「你爸外出工作一年多，可是一直很想念你啊！」

「我知道！但我有更重要的事情要做。」龍耀說話的語氣很冷淡，其實他心中也很想念父親。但龍耀為了顧全大局，必須暫時捨棄這些親情。

所謂自古忠孝不能兩全，大概就是說現在這種情況吧！

沈麗嘛了嘛紅潤的嘴唇，道：「什麼事情這麼重要？」

「拯救世界。」龍耀道。

「唉——這熊孩子，又不老實說話。」沈麗輕嘆了一口氣，縮回廚房。她以為兒子又在開玩笑了，但龍耀說的卻是實話。

龍耀的計畫的確是為拯救世界而制訂的，為了保證計畫不會中途夭折，他有義務讓自己一直活下去。因此他必須接受葉可怡的建議，離開紅島市到外地去避避風頭。

葉晴雲知道龍耀是接受了姑姑的意見，所以臉上綻放出了燦爛的笑容，同時懸在心中的石頭也沉了下去。她替龍耀解釋道：「阿姨，妳不要生氣！龍耀的確有事啊！」

維琪雖然不知道具體的內幕，但聰明如她很快便能猜到了，道：「媽媽，我會代替哥哥，好好陪爸爸的，保證讓爸爸高興。」

沈麗悶在廚房裡不回一句話，只是把菜板剁得「咚咚」響，很顯然正在生龍耀的氣。

林雨婷走到龍耀身邊，輕輕晃了晃他的肩，「你到底有什麼事啊？趕緊向媽媽解釋一下。」

龍耀用手指叩擊著桌子，道：「媽媽，我想問妳幾個問題。」

「什麼？」沈麗沒好氣的回道。

「妳認識劉重嗎？一個又黑又高的傻大個。」

「完全沒印象。」

「好吧。妳和葉卡琳娜、以及鳳夜的媽媽是同學吧？」

「對啊！」

「是哪所學校？」

「綠島大學，就在隔壁的綠島市。」

「哦！那我想明天去看看。」

「咦？你想報考那所大學嗎？」沈麗又把頭探了出來，臉上帶著少許驚訝。

龍耀輕輕的點了點頭，道：「對我來說，哪一所大學都無所謂，反正也沒人能教我。我之所以想去綠島大學轉上一圈，是想給班長和胡培培選一所合適的學校。」

「啊？你能說了算嗎？她們的長輩同意嗎？」

「她們的長輩是否同意，我不知道。但在選擇大學的這件事上，我說了算。」

沈麗狐疑的看向葉晴雲和胡培培，兩人都面帶尷尬的點了兩下頭。

「哇！這算什麼情況啊，難道是傳說中的『後宮』？」沈麗露出了奇怪的表情。

「媽，妳想多了。我們只是朋友而已。」

「你們的關係還真複雜啊！媽媽是徹底搞不懂了，現在的年輕人真不得了。」沈麗輕舒了一口氣，道：「如果你是為了選擇大學的話，我倒可以稍微原諒你一下。」

龍耀雙手交叉在胸部，道：「我不需要任何人的原諒，因為我有我自己的原則。」

「這孩子越來越固執了，跟你爸一個德性。」沈麗回廚房繼續做飯，同時招呼大家來幫忙。

在葉晴雲和胡培培進入廚房後，龍耀才叫住林雨婷過來談話。

「助手，來一下！」龍耀招了招手，道：「半年前，我給妳一條絲線，妳還記得嗎？」

「記得啊！我已經化驗過了。」林雨婷道。

「什麼結果？」

「跟桑蠶絲十分相像，但細節處又有些不同，有超高的堅實和柔韌性，而且很容易儲存能量。」

「儲存能量？」

「對啊！有一次，我意外的用紫外線照射了一下，光中的化學能竟然被儲存起來了。」林雨婷一談到生物專業，馬上顯現出了學者的狂熱，道：「如果把這個研究成果公布出去的話，說不定我能得到諾貝爾生物學獎呢！」

「不能對外公布。」

林雨婷看到龍耀嚴肅的面容，剛才的興奮勁一下子去了不少，「為什麼啊？」

「這是不能讓普通人知曉的秘密。」龍耀低頭沉思了起來。

那條絲線是道門高人李洞旋法袍上的，而那件法袍則是道門的一件寶物，織造法袍的材料應該是玄門之物，所以絕對不能對普通人公開。

「咦？好神秘啊！感覺像007電影裡演的一般，難道你是政府部門的特工嗎？」

「這妳就不要管了。」龍耀避開林雨婷好奇的目光，道：「那絲是人工合成的嗎？」

「不！基因圖譜中沒有人工合成的痕跡，應該是出自某種非常特別的蠶吧。」

「可以仿製嗎？」

「仿製？」林雨婷昂起尖尖的下巴，思索了一會兒，道：「可以用基因工程學的方法仿製，但跟原本天然的絲線會有一些差距。」

「那就仿製一些。」

「啊！可是造價會非常高，而且質量非常難控制，恐怕產量會非常少。」

「沒關係！產量只要足夠製造一件外衣即可。」

「你要用這種絲製造衣服？那可比防彈衣更加結實。」

「我就是需要那種效果，這件事就全權交給妳了。」龍耀拍了拍林雨婷的肩膀，道：「幸虧有妳一直在我身邊幫忙，妳對我的幫助也許我一生都還不完。」

林雨婷受到了龍耀的稱讚和鼓勵，激動的俏臉上蕩漾著幸福的神采，大腦中充滿了對美好未來的無限暢想。但是林雨婷突然從龍耀的話語中，回味出一絲不易察覺的悲涼感。

「什麼意思？」林雨婷有些擔心的望著龍耀，道：「為什麼要說『一生都還不完』？好像你的人生會很短似的，你可不要嚇唬我啊！」

龍耀微微的笑了一聲，道：「我會盡量保護自己的。」

「你越是這麼說，我越感覺害怕。」林雨婷雙手捧著胸口，俏臉上浮起一陣青氣。

龍耀撫摸著沙發上的兔子，道：「我讓妳辦的駕照呢？」

經歷了「天海一線決」事件後，龍耀覺得需要一輛代步的車，以方便應對一些緊急情況。因為龍耀沒有太多的業餘時間，無法在駕訓班裡湊足考試用的課時，所以讓林雨婷託人去疏通一下。雖然這個任務有點兒麻煩，但與以前的所有任務一樣，林雨婷還是順利的完成了。

龍耀不僅用不著去駕訓班上課，而且還插隊安排了駕照考試，今天又提前拿到了駕駛執照。

林雨婷從手包裡取出駕照，道：「可不要違反交通規則啊！」

龍耀接過駕照看了一眼，道：「放心吧！我早就有了三千多個小時的駕駛經驗了。」

林雨婷嘛著漂亮的小嘴，哼哼道：「在《極品飛車》的遊戲裡吧？」

「呵呵！妳真是越來越瞭解我了。」龍耀將駕照插進了錢包，又問道：「我要的車呢？」

「法拉利FF，明天去這裡取車。」林雨婷遞上一張單據，上面寫著車行的地址。

「辛苦妳了。」龍耀道。

林雨婷露出會心的微笑，轉身走向廚房，但馬上又記起了什麼事情，道：「對了！那個叫鳳夜的女孩是綠島市的吧？」

「咦，問這個幹嘛？」

「幹嘛？你讓我幫忙買下了豪車，難道是想去跟她幽會嗎？」

「不、不！妳想多了。」

此時，沈麗的腦袋又從廚房裡探了出來，好像有意火上加油般的說了一句，道：「我和鳳夜的媽媽當年還開玩笑，說是要給未來的孩子定下娃娃親呢！」

葉晴雲、維琪聽到了這句話，一起從廚房裡探出頭來，用審判的目光盯著龍耀。

「明天，我也要一起去綠島市。」三女異口同聲的說道。

「妳們三人老實在這裡待著吧，明天我只帶莎利葉一起去。」龍耀態度堅決的說道。

第二天，龍耀帶著莎利葉去車行取車，車行的經理早就守候在了門外。畢竟這是一樁幾百萬的大買賣，經理可不想讓客戶有被怠慢的感覺。

龍耀出示了用來提車的單據後，經理先是驚訝於龍耀身上的校服，然後將他和莎利葉迎進會客室，並給他們兩人準備了咖啡和點心。經理給林雨婷打了一通電話，再三確認龍耀的身分之後，才滿臉疑惑的帶他們去看車。

法拉利FF，全名法拉利Ferrari Four，意為法拉利四座四輪驅動型跑車，是法拉利公司設計史上的一個突破，也是法利拉家族中尺寸最大的車型。

這是一輛如同烈火一般的紅色跑車，車的前臉設計的非常剽悍，像是怪獸大張的巨嘴一般，兩側的車燈像是倒吊的眼睛，車身側面線條比較繁複，車頂是可以升降的硬頂。跑車的極限速度為時速三百三十五公里，在三點七秒內就能從靜止加速到時速一百公里。

這輛車是林雨婷根據龍耀的意思，並和公司裡的司機商量著選定的。也是為了想讓龍耀高興一下，所以她才選定如此高檔的豪華跑車。

龍耀開上了新買的跑車，先在大道上試跑了一段，順便給莎利葉買了甜點，以及兩副紅色的太陽眼鏡。兩人戴上炫目的太陽眼鏡，像好萊塢電影裡的特工似的，然後駕車駛上環城高速公路，風馳電掣一般的向大海衝去。

紅島市和綠島市是緊挨在一起的兩座城市，但在陸地上被北側的山脈分隔開來，海上又隔著一條狹長的「天海一線峽」。天海一線峽呈喇叭口的形狀，越靠近內陸的地方越是狹長，而面臨大海的地帶則非常的寬。近些年來，紅島市和綠島市藉助港口城市之利，加大了公路和橋梁等基礎措施的建設。兩市共同出資在海峽上建立起一座大橋，據說是世界上跨度最大的跨海大橋。

龍耀的跑車從環城高速公路駛下，直接衝上了長約四十公里的大橋。

此時，海上升起金黃色的朝陽，將海天染成一片炫目的顏色。莎利葉一邊吃著小甜點，一邊欣賞海上日出的美景，太陽眼鏡鏡片上反映著層層疊疊的波濤，就像一條條火紅色的舞袖似的。

「好像要去休假啊！」莎利葉感嘆道。

「不是休假，而是避難。」龍耀糾正道。

雖然從某些方面上說，這兩個詞的意思很近，都是遠離討厭的地區，去另一個地方放鬆身心。但休假意謂著你已經拋開了麻煩，而避難的意思則是麻煩正在追逐你。

法拉利融入川流不息的車流之中，利用跑車特有的速度和機動性，在各式汽車之間穿梭前進，不一會兒便駛入綠島市的地界。

龍耀打開車上的GPS導航系統，很快便定位到了沈麗的母校，位於沿海一線的綠島大學。綠島大學是一所綜合性的學府，共有文、理、商、工、醫、法六大學院。雖然學院的歷史並不是很長，但藉助於沿海的地理位置和綠島的經濟發展，已經在高等教育領域展現出了頭角。

綠島大學背倚一座山嶺而建，面對的則是一望無際的大海，在風水學上可謂是藏風納水，看來當年選址的時候也頗費苦心了。

龍耀直接駛進了大學校園內，沿著寬敞的大道慢慢行進，觀察著四周的建築和設施。

中央大道兩側栽種著粗壯的楊樹，樹下是青翠的草坪和豔麗的花圃，趕去上課的學生徜徉其間，空氣中洋溢著青春氣息和學術氛圍。

龍耀將跑車停在了運動場的外圍，坐在車中觀望著前方的一場球賽。

幾名穿著鮮豔的啦啦隊服的女學生，偷偷觀察著這名開著豪華跑車的高中生，互相揶揄慫恿著想讓身邊的朋友上前搭訕。

莎利葉把小甜點全部吃完，舔了舔沾著奶油的手指，道：「我們應該去學校餐廳看一下，那裡才能看出一個大學的水準。」

「那裡只能看出妳的肚量。」龍耀道。

「哼！」莎利葉不滿的轉頭，忽然看到一個熟習的人影，「咦！是那個人格分裂的女孩。」

龍耀的眼神突然一凜，沿著莎利葉的手指看去，果然看到身著校服的鳳夜。

鳳夜倚坐在一株白楊樹下，手裡捧著一本少女雜誌。長髮隨著輕風微微飄動，偶爾遮擋住清秀的面龐，這時鳳夜就會用纖細的手指，以嫵媚的動作將髮絲抿向耳後。她身穿一件方格校服，短裙下裸露出兩條長腿。雙腿平放在青翠的草坪上，就像潑散出來的牛奶一般。

足球場上傳來一陣歡呼聲，鳳夜好奇的抬頭望向前方，朗星一般的雙眼光芒四射。等一波熱鬧的聲浪過去後，她又將俏麗的臉蛋埋進書中，額頭上的鳳頭釵閃爍著金光。

就在鳳夜享受難得的寧靜之時，忽然有幾個粗魯的人闖了過來。幾個身穿著球服的學生走近，打量著鳳夜身上的高中校服，躲在一旁竊竊私語了一會兒後，球隊的隊長被眾人推上前來，想約鳳夜去喝杯咖啡玩一會兒。

不過，鳳夜可被對方嚇了一跳，也不管對方說了些什麼，收拾起雜誌就想要逃離。自以為帥氣瀟灑的隊長吃了癟，又聽到身後隊員們傳來譏笑的聲音，面孔立即漲成豬肝一般的醬紫色。

惱羞成怒的隊長伸出大手，抓住了鳳夜白皙的手腕，在皮膚上留下五道紅印。鳳夜拚命向後掙扎，大眼睛裡浸滿了眼淚。

龍耀的跑車不緊不慢的駛來，像是旁觀者一般停在了近前。足球隊成員的目光都被跑車吸引了過去，連隊長也禁不住向著車的主人看了一眼。

龍耀端正了一下臉上的太陽眼鏡，道：「這樣子追女孩可不行啊！太有失紳士風度了。」

足球隊隊長感覺面子上掛不住，便撒謊道：「她是我的女朋友，用不著你多管閒事。」

「是這樣嗎？可我怎麼覺得不像？」龍耀笑著問道。

「滾開！這不關你的事。」足球隊隊長狠狠的踢出一腳，正對著豪華跑車的車門。

龍耀輕輕的扣下倒車檔，右腳暗中猛踩一下油門，跑車突然向著後方一退，綽約的動力系統表現無餘。足球隊隊長沒有料想到這一招，一腿踢空滑倒在了跑車前方，運動短褲的褲部也因此撕裂了，露出了裡面鮮紅色的大褲衩子。

看到足球隊隊長那滑稽的摔倒姿勢，一旁的啦啦隊隊員忍不住大笑了起來。

龍耀的臉上沒有絲毫笑意，只是客觀的評價了一聲，道：「連站都站不穩當，還能當足球隊隊長？看來綠島大學只是文化強，體育水平並不怎麼樣啊！」

「強不強，跟你也沒關係吧？」莎利葉插嘴道。

「但跟班長有關係啊！」

「我們還是趕緊去餐廳看看吧！」

「好吧，那就去看看吧。」

「耶！我要吃水果布丁。」

「唉……」

003 海盜博弈

就在龍耀和莎利葉聊天的時候，從球場的方向突然飛來一顆足球，如同炮彈一般的直襲向了跑車。龍耀抬起一隻手來，像守門員似的向前一抓，足球被牢牢的抓進手中。

然後，龍耀稍稍用了一下力，「啪」的一聲將球攥碎了。

龍耀扭頭看向運動場，球賽不知何時停止了，所有隊員都圍攏過來，每人的表情都很凶狠。

「把他的車砸了！」足球隊隊長喊了一聲，率先一拳打向車窗。

「別啊!這車可是今天才買的。如果就這麼被你們砸了，回去一定會被助手罵的。」龍耀搖擺著雙手，希望能讓對方冷靜下來。

雖然龍耀不怕與這些人動手，但卻不想把事情鬧得太大，畢竟他還想來這裡上學呢。

但莎利葉就沒這種負擔了，她心裡只想著儘快去餐廳，見對方阻礙了自己的計畫，便帶著怨氣回擊了一拳。雖然莎利葉已經將拳勁控制到了最低，但這一拳還是讓對方飛拋起來，劃出一道長約三十米的拋物線，像顆足球似的摔進球門之中。

「呃！不妙了——」龍耀輕輕的嘆了一聲，接著便聽到一陣躁動。足球隊隊員終於忍不住了，就像發怒的原始人似的，撿起棍棒磚頭衝了上來。

鳳夜看著這混亂的場面，臉像是塗了一層石灰，「謝謝你們替我解圍，但是現在快跑吧！」

「咦！妳不認識我了嗎？」龍耀奇怪的問道。

「你們是誰啊？」鳳夜歪著小腦袋，俏臉上盡是疑惑。

「是我們啊！」龍耀和莎利葉一起看向鳳夜，然後將太陽眼鏡向上輕輕一推。

鳳夜看到了龍耀和莎利葉的眼睛，本就蒼白的臉瞬間變成青綠色，就像喝下過期的牛奶般。

「啊——竟然是你們！」鳳夜掉頭跑了起來。

「喂！喂！妳見鬼了嗎？」龍耀發動跑車，追在鳳夜身後，其後面追著一群足球隊隊員。

清爽的風從海上徐徐吹來，輕輕的撩動著女生的裙襬。一群女大學生說笑著走向教學樓，身上洋溢著靚麗的青春氣息。可忽然周圍的氣流變得十分猛烈，烈風吹得四周的樹木紛紛傾倒，裙襬也被掀翻向上飄了起來，驚得女生們都蹲地尖叫了起來。

鳳夜如一隻受驚的小兔子似的跑在路上，腳步隨著心中的恐懼程度而不斷的加快，幻影一般的身影如同一把快刀似的，將大路中間的空氣割裂排擠向了兩側。

「喂！喂！妳等一下啊！」龍耀開著跑車緊追在後面，但又不敢太過接近鳳夜，怕她因恐懼而轉換性格，那會讓整所綠島大學都陷入危機。

鳳夜的腳步越來越快，逐漸變成了恍惚的幻影，長髮搖擺飛舞在半空中，就像一條縹緲的星河。鳳夜在漢白玉的石階上彈跳了兩下，便一頭鑽進宏大的教學樓中消失了。

龍耀的法拉利跑車急停在了教學樓前，兩個前輪的液壓懸掛系統頓時向下一挫，而後輪卻稍稍的抬起一些，整輛車呈現一個三十度角的傾斜狀態。而龍耀在急停的慣性之下，像一塊石頭似的被甩出，在半空中旋轉了兩圈之後，安穩的落到了石階上方。

龍耀在教學樓門前收攏起心神，感應著鳳夜靈氣的延伸方向，接著拔腳急追進結構複雜的大樓中。

站在教學樓外的女學生都驚呆了，短路的大腦慢慢檢索剛才的記憶，突然發現剛才遇到開跑車的帥哥了。雖然女學生們懂車的不是很多，但僅從汽車標誌上就能看得出來，這車絕不是一般上班族能買得起的。僅這一輛跑車就足以讓人動心了，更何況車的主人還有冷峻的面容，以及瀟灑到有些誇張的身手。幾名女生不自覺圍攏向了跑車，希望有機會結識一下車的主人。

可就在這個時候，足球隊隊員們衝了過來，粗暴的將女生們推開。

「那個臭小子呢？怎麼只剩下車了？」

「咱們把車給砸了，他也不知道是誰幹的！」

足球隊隊員們吵吵嚷嚷著，有人向車擲出了石塊。可突然，一隻雪白的小手從車裡伸出，向著石塊輕輕的彈出一根手指。石塊就像是被球棒抽中了一般，以更快的速度折返回出發點，「磅」的一聲將肇事者打翻在地上。

矮小的莎利葉從副駕座中站起，眼睛裡閃著不悅的光芒：「都怪你們，耽誤我吃布丁了。」

足球隊隊員看到一個外國小女孩，不知該如何應對這種狀況。而莎利葉也沒有給他們思考的時間，她像隻小貓般從車中飛躍出來，凌空使出一腳大力的抽射，站在最前方的一人便被踢飛了起來。其他足球隊隊員呆愣的站在原地，只見有人從頭上飛摔過去，重重的撞擊在身後的一株大樹上。

對「踢」很在行的足球隊隊員，見識到這種怪物一般的腳力，深知自己沒有一絲贏的機會，掉頭便想躲進道路兩旁的樹木後方。但莎利葉可沒有龍耀的理智，沒了龍耀在一旁約束的她，就像一匹脫韁的野馬一般，轉瞬間就踢翻所有的人。

煙塵和慘叫聲逐漸散去後，原本氣勢洶洶的足球隊隊員，都像海蜇似的癱倒在地上，呻吟道：「大、大、大姐，饒命啊！」

莎利葉踩著一人的後背，道：「給我買布丁去。」

「呃？」

「怎麼，不願意？」

「不！不！不！」

龍耀並不知道莎利葉在外面鬧成了什麼樣子，仍然在教學樓裡追著鳳夜的靈氣亂跑。但這幢教學樓的設計結構很古怪，龍耀穿過長廊、奔上樓梯、越過柵欄，發現又回到了一開始的地方。

「這……」龍耀的雙瞳中精光一陣閃爍，大腦中馬上繪出了一幅結構圖，「難道這幢樓是空心圓環形的？」

龍耀見走廊裡沒有人，便推開窗戶飛躍了出去，像蜘蛛人一般攀住樓壁，飛速的爬上了最高的十一層。但鳳夜的氣息卻在這一層消失了，只留下一扇向著外面打開的窗戶。

龍耀站在窗戶裡面向外看去，見對面有一幢更高大的建築，那是供後勤和行政人員使用的。

「奇怪！她跑什麼啊？」龍耀無奈的搖了搖頭，準備返回跑車。

當他經過一間教室時，突然被講課聲吸引了。龍耀偷偷的從後門鑽入，找了一個空座坐下。

大學的教室比高中大了許多，可容納四、五百名學生聽課，而且老師只負責講授課程，並不在意學生的課堂紀律。龍耀現在所坐的這間階梯教室中，學生的狀態也呈現明顯的階梯狀。最前方是認真記筆記的書呆子，中間是談情說愛的年輕情侶，後面則是一群打瞌睡的懶鬼。

前方的老師是個四十多歲的中年人，穿著簡樸卻又不失學者氣度的襯衫，講解的是近代新興的一門學科「博弈論」。

「博弈論」，又稱「對策論」、「賽局理論」，屬應用數學的一個分支，也是經濟學的標準分析工具，在生物學、經濟學、國際關係、計算機科學、政治學、軍事戰略和其他很多學科中都有廣泛的應用。

那名老師在講解了基礎知識後，提出一個非常有趣的問題。

「從前有五個強盜，要分一百枚金幣。由一號海盜提出分配方案，由所有的人來評價方案，如果贊成的人沒有超過半數，那一號海盜將會被扔入海中。然後再由二號海盜來提議，重複上一個方案的處理過程。請問，一號海盜該提出什麼樣的分配方案，才能讓自己獲得最大的利益？」

這問題實在是很有意思，所以當問題提出來之後，連情侶們都停下了談笑，也加入了書呆子的行列，一起爭論起這個問題的答案。但大多數學生明顯被「扔入海中」這句話嚇怕了，他們的答案多是一號海盜應該放棄金幣，因為保全性命就是最大的「利益」所在。

這些人的思考方式與龍耀以前很像，那時候的龍耀也總是以求「穩」為主，因為他沒有過多的智慧去「險中求富貴」。但現在的龍耀就不同了，他擁有兩百多的高智商，處理任何事情都遊刃有餘，所以在考慮問題的時候，總是傾向於將利益壓榨到極點。

龍耀深深的吸了一口氣，大腦中的細胞活躍了起來，雙眼中閃著璀璨的精光。無數的分析和算式劃過腦際，在腦海中分揀出最優異的答案。

「一號海盜不應該放棄金幣，而是應該取得最多的金幣。」龍耀突然發言道。

龍耀回答的聲音雖然不大，但因為答案與眾人截然不同，所以在嘈雜聲中顯得格外搶耳。前排的學生都扭頭望向了聲音處，但只看到一群趴著睡覺的懶鬼，並沒有注意坐在角落裡的龍耀。

前排的學生都露出一絲譏笑，以為是某個懶鬼在說夢話呢。正當他們準備繼續討論的時候，講臺上的老師卻放開了洪亮的嗓音，道：「請剛才那位同學繼續說下去。」

「一號海盜擁有優先分配權，主動權掌握在自己的手中，如果僅為了保障自己的性命，放棄這麼好的先天優勢，那他也太過於軟弱無能了。而那些認為一號海盜應該放棄金幣的人，同樣也是一群軟弱無能的懦夫。」龍耀坐在不起眼的角落裡，低聲敘述著自己的理由。

最後一句話明顯激怒了眾人，有火氣大的學生低聲咒罵起來，擼著袖子擺出要幹架的姿勢。

前方的老師露出稍許驚訝的表情：「那請這位同學說一下你的答案，並闡述你的理由。」

「這個問題的切入點是五號海盜，因為他是所有人中最為安全的，只要前面的人全都死光，那他就可以獨得這一百枚金幣了，所以他在大多數情況下會投反對票。接下來是四號海盜，他其實是最危險的，因為如果前面的三人死了，那輪到他提出方案的時候，五號海盜肯定會投反對票，而將他扔到大海裡去。甚至就算四號想盡全力討好五號，而提議將一百枚金幣全給五號，五號說不定還會覺得四號有危險，而執意投反對票將他解決掉。」龍耀緩緩的嘆了一口氣，道：

「人心險惡啊！」

這時候，那些憤怒的學生都安靜了下來，開始認真聽龍耀闡述解答過程。而當他們聽到龍耀嘆息「人心險惡」之時，都像聽評書故事似的跟著嘆息了一聲。

「所以說，四號海盜不應將希望寄託在五號身上，他應該更積極的尋找求生的方法，而唯一的方法就是別讓前面的人都死光，因此四號在大多數情況下會投贊成票。」龍耀道。

學生們都輕輕的點下了頭，他們已經忘記剛才的憤怒，轉而開始欣賞起龍耀的分析。

「然後我們再來看三號海盜，他經過上述的邏輯推理之後，會提出自己獨拿一百枚金幣的方案。因為他知道四號為了活命，會無條件的投出贊成票，那麼再加上自己的一票，就可以順利通過方案了。」

龍耀伸出五根細長的手指，輕輕的扣動了一下桌子，接著道：「但是三號的如意算盤顯然打早了，因為二號也能經過推理得知三號的分配方案，那麼他可以提出自己拿九十八枚金幣，而給四號和五號各一枚金幣的方案。雖然四號和五號只能拿一枚金幣，但總比一枚也拿不到好，所以四號和五號會贊成二號的方案。這樣二號便可以用最小的投資，為自己爭取兩個盟友。」

學生之中有人發出讚嘆聲，連睡覺的懶鬼也抬起了頭，開始傾聽龍耀的解答過程。

「但最終，掌握優先權的卻是一號海盜，如果他經歷了與我一樣的推理，那就應該知道二號的分配方案。二號的分配方案會讓三號一枚金幣也得不到，而讓四號和五號各得一枚金幣。因此一號只需要給三號一枚金幣，給四號或五號中的某人兩枚金幣，那麼就可以為自己爭取到多數贊成票了。」

講臺上的老師帶頭鼓起了掌來，在黑板上寫出龍耀的最終答案，即——一號海盜拿九十七枚金幣，給三號一枚金幣，給四號或五號中的某人兩枚金幣。

「很好！很好！這道題其實不難，因為只有五名海盜，早晚會想出結果的。但你的思維真的是很敏銳，能用這麼短的時間就想通。」老師贊許的點了點頭，道：「請你站起來，讓大家認識一下。」

龍耀淡然的站了起來，俯視著前方的學生，迎接著眾人讚嘆的目光。

「咦！是名高中生？」學生們驚訝的看著龍耀的校服道。

這時候，走廊裡傳來一陣嘈雜聲，一群學校警衛衝進了教室之中，手持警棍指向了龍耀，道：「就是你在鬥毆滋事吧？」

「啊！你在說什麼啊？我根本不知道。」龍耀開始裝傻充愣了。

「不要狡辯了！她是不是跟你一起的？」警衛向旁邊閃了一下身，露出莎利葉的身軀。

小丫頭的雙手裡捧滿了布丁，兩邊小腮塞得鼓鼓囊囊的，就像是一隻正在吹氣的青蛙。看到龍耀不斷抽搐的嘴角，莎利葉露出了傻傻的一笑。現在她完全不在意警衛的喝斥，因為注意力都放在布丁上了。

教室裡的學生看到這一幕，一起露出了會心的微笑，甚至有人供獻出自己的零食，想逗弄一下這個看似人畜無害的小丫頭。

「下面的足球隊隊員都是你打傷的吧？」警衛又問龍耀道。

龍耀看到莎利葉的樣子，就猜到發生了什麼事，趕緊道：「不！不！不！那是她打傷的。」

警衛扭頭看了一眼莎利葉的手臂，那雙蓮藕似的粉臂柔若無骨，完全不像是能打傷人的凶器，便道：「撒謊！跟我們去一趟警局吧！」

「啊！這……」龍耀當然不會乖乖被抓走，他扭頭看向了前面的窗戶，心想從十一樓跳出去的話，會不會嚇壞這些普通人啊？

走廊裡忽然又響起腳步聲，一個蒼老卻洪亮的聲音道：「等一下！」

龍耀扭頭看向了門外，見是一名樸素的老者，身上穿了一件大汗衫，裸露的皮膚被曬得黝黑，頭上戴一頂破舊的斗笠，手裡還拿著一把園藝剪，看上去像是一名老園丁似的。鳳夜緊緊的跟在老者的身後，就像害怕陌生人的小孩一般，只敢從縫隙裡偷看一眼龍耀。

「黑校長，您怎麼來了？」警衛客氣的問道。

「校、校長……」龍耀驚訝的重複道。不僅是他一個人在驚訝，連四周的學生也在驚訝，看來大家都很少見到校長。

校長向警衛笑了笑，道：「誤會！這是誤會！把那個年輕人交給我吧。」

「呃！既然校長您這麼說，那我們就回崗位上了，但您一定要小心啊！他可能非常的危險。」警衛提醒道。

校長輕輕的點了點頭，目送警衛們離開後，才向龍耀招了招手，道：「你跟我去校長室。」

校長室就設立在後方的行政樓裡，剛才鳳夜為了躲避龍耀的追尋，從教學樓直接跳進了行政樓，然後發現莎利葉惹下了麻煩，只好把校長請出來替龍耀解圍。

校長搖晃著又瘦又高的身體，像稻草人似的走在前方，背在身後的雙手握著大剪刀。莎利葉與校長並排走在一起，嚼著布丁的小嘴時不時問一句：「那是什麼花？那是什麼草？」

「呵呵！那邊是百合花，那邊是薰衣草。」

「可以吃嗎？」

「呃！我想不可以吧。」

「可惜啊！這都是你種的嗎？」

「是啊。」

「哦！好棒。不過，你為什麼不種草莓？」

「在花園裡種草莓？」

「對啊！我喜歡吃草莓。」

「呃……」

鳳夜緊緊的跟在校長的身後，好像很怕與龍耀單獨接觸似的。

龍耀突然伸手拉住鳳夜的校服，問道：「妳躲什麼啊？」

「唔……我一見到你，就有不祥的感覺。」鳳夜道。

「啊？什麼不祥的感覺？」

「自從暑假見過你之後，我身邊總發生奇怪的事。」

「都有什麼事？」

「很多！比如總感覺有人在偷窺我，書包還有被人翻弄的痕跡。」

「哦，這很正常啊。」龍耀聳了聳肩膀，「誰讓妳長得這麼漂亮！一定是妳的暗戀者吧！」

「哼！就算換著方法誇我，我也不會覺得高興。」鳳夜咬了咬下嘴唇，戰戰兢兢的說道：「昨晚我回家比較晚，感覺有人在後面跟蹤，我害怕的躲進小巷中，然後就失去意識了……」

「接下來呢？」

「當我恢復意識的時候，發現身上全是鮮血。」

「血？」

「對啊！但卻不是我的，不知道是誰的，四周並沒有人。」

「哦！」

雖然鳳夜沒明白是怎麼回事，但龍耀大概已經猜出了真相。

鳳夜在與龍耀第一次見面時，就曾出現過一次人格轉換。表人格下的鳳夜膽小柔弱，但裡人格下的她卻強悍嗜血。

當時，裡鳳夜用刀劈裂過一枚靈種，雖然靈種沒有寄生到鳳夜身上，但靈氣卻寄生在了她的刀上。所以，鳳夜應該是被靈能組織盯上了，他們可能想調查出鳳夜的底細。那名調查者跟隨鳳夜進入小巷，當時鳳夜受到了過度的驚嚇，致使裡人格從沉睡中覺醒過來，用奇詭無比的刀法斬傷了對方。

龍耀剛才追逐鳳夜的時候，鳳夜也是轉換成裡人格，所以才有能力飛躍出大樓。

鳳夜回想起昨晚的事情，柔弱的肩膀又抖動起來，道：「我嚇壞了！只好向學校請了假，來這裡散一下心……」

「哦……妳經常來綠島大學嗎？」

「是啊，校長爺爺是媽媽的老師，我在很小的時候就認識他了。」

「這麼說，妳將來也會來這裡上大學嗎？」

「對啊！我已經準備報考這裡了。」鳳夜興奮的說出了計畫，但馬上意識到了什麼，道：「為什麼你要說『也』啊？」

「因為好巧啊！我也打算報考這裡。」龍耀淡然道。

「呃！不會吧——」鳳夜的臉色一灰，道：「看來，我應該換個升學志願了。」

004 靈種災難

黑校長跟莎利葉聊得很高興，雖然兩人談的東西完全不是一回事，校長一直在談論花花草草，而莎利葉則關心那些花草能不能吃。校長聽到龍耀說要報考本校，便心情愉悅的詢問他的報考理由。

「因為我媽媽是從這所學校畢業的，而且這裡離家也比較近。」龍耀說出了兩個不算是理由的理由。

「哦，你媽媽是哪一屆的，叫什麼名字啊？」校長問道。

「不知道是哪一屆，她的名字叫沈麗。」

「啊！」校長聽到「沈麗」這個名字，就像聽到了閻王索命一般，頓時全身哆嗦了起來，臉色蒼白像紙一樣。

「校長爺爺，您怎麼了？」鳳夜趕緊上前，攙扶住了校長。

校長雙手捧著胸口，道：「心臟、心臟、心臟病犯了，快幫我去拿藥。」

龍耀將雙眼猛的瞪到了最大，掃描了一眼校長的心臟部位，從衣袖裡拔出三根針灸針，道：「沒必要拿藥。」

龍耀將三根針刺進校長的胸口，心臟處的絞痛立刻減弱了許多。然後，在鳳夜和龍耀的攙扶之下，校長被送進了行政樓裡的校長室中。

校長坐到了辦公椅上，看到胸口的針灸針，道：「你想報考本校的醫學院嗎？」

「不，我沒那種興趣。」龍耀一邊與校長聊著天，一邊觀察著室內的擺設。

這間校長室非常的寬敞，卻沒任何奢華的物件，連桌椅都是多年前的老物。但擺滿牆角的花草盆栽，以及掛滿四壁的字畫，倒平添了幾分生機和儒雅。

「那你想報考什麼科系？」校長奇怪的問道。

「什麼科系都可以啊！對了，剛才我聽課的那間教室，是在上什麼科系的課？」

「那個是經濟學院的。」

「哦！那我就報考經濟系吧！」

校長看著龍耀一副隨隨便便的樣子，便道：「本校的經濟系分數很高的哦！」

「考個滿分就是了，這有什麼困難的？」龍耀隨口道。

校長的臉色變了好幾變，突然想起紅島市的老友曾經給他提過一個奇聞，說紅島市出了一名全科滿分的高中生。

「原來那人就是你啊！真不愧是沈麗的兒子，你的名字叫什麼？」校長問道。

「我叫龍耀。」

「咦！」校長一聽到這個名字，便下意識的抬起頭來，看向了一幅書法卷軸。

龍耀跟隨著校長的目光看去，赫然看到自己寫的一幅字。那是在慈善拍賣會上，龍耀寫的《念奴嬌・赤壁懷古》，下方落款處明確的標明了龍耀的名字。

「這是紅島市的一位老友送我的，說是出自一位大企業家的手筆。」校長「呵呵」的笑了兩聲，道：「竟然跟你重名。」

「嗯！真是好巧啊！」龍耀輕描淡寫的說著，為了不讓校長起疑，又轉了一個話題道：「你跟我媽媽很熟嗎？」

「這……」

正當校長不知道該如何回答時，忽然莎利葉在牆上發現了什麼。

龍耀循著莎利葉的叫聲看了過去，見牆上掛有優秀畢業生的照片，這其中便有沈麗和校長的合影。那時的校長還處於中年，一看就是一位儒雅的學者。

龍耀繼續向著下面看去，又發現了穿碩士服的沈麗，旁邊站著變老一些的校長，「哦！原來校長是我媽的碩士生導師啊！」

眼尖的莎利葉向下看了一眼，道：「這裡還有。」

這最後一張裡的沈麗穿著博士服，而校長的容貌跟現在已經差不多了。

「我媽媽是女博士嗎？好可怕啊！難怪她從來不告訴我學歷。」

鳳夜奇怪的眨了眨眼睛，問道：「為什麼阿姨不告訴你學歷呢？」

「妳沒聽說過那個笑話嗎？專科女生是小龍女，大學女生是黃蓉，碩士女生是趙敏，博士女人是滅絕師太。」

「哼！這是歧視女性。」鳳夜不高興的說道。

「這又不是我說的。」龍耀輕輕的聳了聳肩膀，看向了一臉苦相的校長，「為什麼一提到我媽媽，你就像吃了苦瓜似的？」

「唉……就算事情過去十多年了，但一想起你那愛惹事的媽，我還是覺得心臟絞痛啊！」校長揉著胸口道。

龍耀看到校長被嚇成這樣子，便以半玩笑的口吻說道：「我媽是不是經常把實驗室炸掉？還做一些稀奇古怪的生物試驗？」

「對啊！你怎麼知道的？」

「呃！還真有這種事啊？我只是隨便說說的。」

「有一次，她培養出一種奇怪的螺旋藻，將整個學校的下水道都堵了，學校的生活汙水無法排出去，一個月都沉浸在臭氣熏天之中。」

「這可真是一個悲劇啊！」

「更悲劇的是，我作為她的導師，要負責帶人清理下水道。」

龍耀的嘴角抽動了兩下，道：「我媽果然不是省油的燈啊！不過你現在可以放心了，我可比她理智多了，而且我也不會進實驗室瞎搞。」

「我可不這麼認為啊！你今天第一次來學校，就讓足球隊全體住院。照這種趨勢下去，你比你媽有過之而無不及。」

「這純粹是意外。」龍耀撓了撓鼻孔，擺出一副無賴相，道：「總之，我一定要報考這所學校。你要是反對的話，我就讓我媽來說。」

「啊！不要讓她來——」校長發出一聲絕望的呻吟，雙手捧著胸口哆嗦了起來。

龍耀將校長送進了校醫院，又開車在校園內轉了幾圈，感覺綠島大學各方面都不錯，可以讓葉晴雲和胡培培報考。然後龍耀將跑車停在校門口處，淡定的等待鳳夜從校醫院中出來，期間還遇到幾名前來調戲的女大學生，但都被莎利葉凶惡的眼神嚇跑了。

鳳夜終於出現在了大道上，但她看了一眼龍耀的車，立馬掉頭想從後門溜走。龍耀馬上發動跑車追上，一個急剎車配合著甩尾的動作，車身橫著向著鳳夜平滑了過去。

莎利葉和龍耀是一體同心的，立馬配合著他做出了動作，將車門向著鳳夜打開的同時，身子靈巧的向後空翻進了後排。跑車就像一把飛衝過來的簸箕，敞開的車門將鳳夜抄進了車內。

「啊！」鳳夜橫斜躺在座位中，發出了刺耳的尖叫聲。

「繫好安全帶。」龍耀一臉淡然的說完，掉頭駛出了大學校園。

鳳夜手忙腳亂的關緊車門，又把安全帶繫上，道：「你想幹什麼啊？打算綁架我嗎？」

「妳用不著這麼擔心，我只是想送妳回家。」

「就這麼簡單？」

「嗯，順便再借住幾天。」

「咦？不行！我媽媽出差了，家裡只有我一人。」

「那就更方便了！」

「方便？什麼方便？你想要幹什麼啊？」

龍耀斜睨鳳夜一眼，發現她正抱著胸發抖，隨著身體的不斷聳動，一對美乳優雅的起伏著。

龍耀的眼神有了一瞬間的呆滯，旋即死神的腳步就追了上來，前面的大卡車突然剎住車輪，像座大山似的擋在了跑車前方。

「呀！呀！前面危險……」鳳夜驚叫了一聲。

龍耀下意識將方向盤向一側打滿，跑車斜著飛甩到對面的車道上，然後再迅速的超車轉回原車道。

但是，對面突然衝來另一輛大卡車，有意識的向著剛才的大卡車撞了上去！下一秒鐘，兩輛大卡車就要對撞在一起了，而跑車正好夾在兩輛卡車的中間，明顯會被率先擠壓成鐵餅！

「啊……」鳳夜發出尖叫聲，雙手捂緊了眼睛。

龍耀在越危機的時刻，精神就越容易專注。在兩車交錯的一瞬間，龍耀猛的將靈氣放射出來，將整輛跑車包裹在了靈氣團中。

「碰」的一聲悶響，兩輛卡車對撞在靈氣團上，就像撞在棉花堆中一般。不過，雖然靈氣團的質地非常柔軟，但仍會將撞擊的力量返回去。於是兩輛大卡車在停滯了一會兒後，又被富有韌性的力量彈了回去，各自翻滾到道路兩旁的壕溝之中。

龍耀害怕引起交警的注意，趕緊加速向著前方衝去。但他眼睛的餘光掃了一下後視鏡，從卡車中發現一個熟習的人影，那人竟然是枯林會的黑人成員傑克遜，他那黑亮的腦袋就是最好的標誌，在陽光下像個浸了油的保齡球一般。

傑克遜從翻倒的卡車中鑽出後，一臉疑惑的看著遠去的跑車，似乎也在一瞬間發現龍耀的存在。

法拉利在公路上風馳電掣一般的疾奔著，清爽的海風撲打在鳳夜的臉蛋上。

過了好一會兒，鳳夜才敢睜開雙眼，發現跑車安穩的行駛在路上，就好像從來沒遇到危險一般。

「剛才出什麼事了？」鳳夜奇怪的問道。

「什麼事也沒有發生啊！」龍耀淡然的回答道。

「呃……剛才不是要撞車了嗎？」

「沒有的事，妳做夢吧？」

聽到龍耀言之鑿鑿的回答，鳳夜也搞不清楚情況了，皺緊秀眉思索了好一會兒，才道：「剛才真沒有撞車嗎？」

「沒有。」

「那你剛才有偷看我的胸部嗎？」

「呃！這個嘛……」龍耀的嘴角抽搐了兩下。

鳳夜見龍耀猶豫起來，立馬反應了過來，道：「剛才果然不是幻覺啊！」

「呵呵……妳家怎麼走啊？」龍耀尷尬的岔開了話題。

見龍耀又在迴避話題，鳳夜不悅的噘起小嘴，道：「先送我去武館。」

「武館？」

「對！媽媽要我多學一些防身術，給我購買了武館的學習課程。」

龍耀想起裡人格的鳳夜，與那匪夷所思的武術，便道：「妳的格鬥技巧都在武館裡學習的嗎？」

「咦？我並沒有什麼格鬥技巧啊！因為我缺乏運動細胞，所以一直沒有學到什麼。」

「等我見到武館師傅之後，就知道妳有沒有學到了。」

武館的師傅是個中年漢子，長得像根敦實的木樁子，黝黑的面龐總掛著傻笑，兩隻小眼睛瞇成一條線。當看到鳳夜踏進了武館大門，師傅臉上的傻笑立刻變成了歡笑，就像一尊彌勒佛雕像似的。

武館師傅之所以笑得這麼開心，倒不是因為他喜歡漂亮小姑娘，而是自從鳳夜來上課後，周圍武館的男孩們慕名而來，紛紛改投到他的武館門下。

鳳夜出現在武館之中，館內的氣氛頓時熱烈起來，男弟子擁擠著迎到近前，噓寒問暖的搶著獻殷勤。鳳夜在師兄們的圍夾之中，左躲右閃的顯得十分困擾。

「喂！你們沒看到她不喜歡這樣嗎？」龍耀在人群外面說道。

男弟子們分開站向了兩側，扭頭看向身著校服的龍耀。幾個粗魯的弟子見龍耀長得不算魁梧，便想藉助強壯的身體將他擠到武館外面去。

「這裡是我們的武館，閒雜人等不准入內。」

看著幾塊碩大的胸肌推擠了過來，龍耀的嘴角露出不屑的笑容，突然伸手扼住一人的脖子，將比自己高出一頭的肌肉壯男舉了起來。其餘的人見師兄受到了欺辱，一起氣勢洶洶的逼近過來。

龍耀的身上冒湧起狂渤的靈氣，無形之中釋放出巨大的壓力。對方不自覺的感到了恐懼，停步在不遠的地方逡巡不前了。

鳳夜看到這種情況，額頭冒出幾滴冷汗，道：「龍耀，你不要鬧了！」

龍耀聽到鳳夜這麼說，便輕輕的舒了一口氣，將身上的靈氣收斂起來，並鬆手放開了被抓的人。那人一脫離龍耀的手掌之後，便「撲通」一聲跌倒在地上，就像筋骨被抽掉一般。

龍耀伸手分開擋路的弟子，走到黑臉的中年師傅面前，剛想要試試對方的功力，卻突然看到他頭上的匾額，上面寫著「剛柔流」三個字。

「咦？這是空手道武館嗎？」龍耀突然愣住了。

「是啊！有什麼問題嗎？」鳳夜奇怪的問道。

「妳上次用的是中國古武，並不是空手道的招式。」龍耀看了一眼黑臉師傅，不屑的聳了兩下肩膀，道：「看來妳的功夫並不是跟他學的。」

「我會中國古武嗎？」鳳夜一臉的茫然。

龍耀也不願多向她解釋，轉身走向了武館大門，道：「我在外面等妳。」

這時候，一直沉默不語的武館師傅出手了，一記高踢腿掃擊向了龍耀的耳朵，「在我武館裡搗亂，想這麼容易就離開嗎？」

龍耀連視線都沒有向後移，以相同的動作回踢出一腿。兩腿在半空中碰撞在一起，形成一個交叉的「X」字，同時一陣清脆的爆裂聲響起。

下一秒鐘，黑臉的師傅跪了下去，小腿的脛骨出現骨裂。

「果然不是啊！差得太遠了。」

龍耀搖了搖頭，帶著幾分失望，走出了武館大門。

在成為靈能者這一年多的時間裡，龍耀遇到過許多一流的高手，也見識過不少玄之又玄的功夫。在這些像漫畫人物一般的玄門高手中，格鬥能力最強的還要算轉換人格後的鳳夜，就算是道門的四大名鋒——劍皇和張鳴啟，也不敢在不使用玄術的情況跟她硬拚拳腳功夫。

所以龍耀一直好奇鳳夜的師父是誰，那人一定會是一名超越常理的高手。

放著鬼哭狼嚎的武館不管，龍耀捏著下巴回到大街上，高照的豔陽逼得他睜不開眼睛。在他閉目準備適應陽光的一瞬間，忽然有人從身後伸出雙手來，像是調皮的小孩般蒙住了他的眼。

「Yo！Yo！Yo！Check it out！我們都是陽光中的蝙蝠，我們都是都市中的過客，在一座城市中不告而別，在另一座城市中萍水相逢。親愛的好兄弟，你還記得我嗎？」一個沙啞的嗓音和著Rap的節奏唱了起來。

「咦！原來我剛才沒有看花眼啊！」龍耀剛要說出傑克遜的名字，忽然聽到前方傳來一道風聲，趕緊彎腰低頭避開了正面的風頭。

莎利葉從街對面的跑車中跳出來，身體如離弦之箭飛射過馬路，一腳踢向龍耀身後的黑人歌手。

「Oh！My God！我的鼻梁要斷了。」傑克遜慘叫一聲，噴著鼻血向後飛退，撞翻了一排垃圾桶。

龍耀回頭看了一眼狼狽不堪的傑克遜，道：「真的是你啊！」

「嘿嘿！Mr. Long，我們真是有緣啊！」傑克遜展現出黑人特有的熱情，張開雙手就想擁抱過去。

但龍耀和莎利葉一起掩住了鼻子，像是趕蒼蠅似的向他揮了揮手，道：「別過來！你全身都是臭味。」

傑克遜摘掉掛在頭上的爛菜葉，朝著兩人齜出了雪白的大門牙，道：「這點氣味算不了什麼，我們國家還有在泥沼裡打滾的習俗呢！」

龍耀和莎利葉躲回了跑車上，並把車上的硬頂升了起來。

傑克遜死皮賴臉的跟了過來，先把雙手在衣衫上擦了擦，然後仔細的撫摸起了車身。紅色的車身烤漆像牛乳一般的滑潤，傑克遜露出了痴醉一般的笑容，道：「好車！好車！我真想向組織申請使用跑車出任務，可隊長總是給我們髒兮兮的大卡車。」

「剛才那起車禍是怎麼回事？」龍耀問道。

「哦！迎頭撞過來的那輛卡車是靈樹會的，他們想要阻止我們執行綠島市的任務。」

「什麼任務？」

「保密！」傑克遜神秘的說道。

「哼！」龍耀冷哼了一聲，假意要駕車離開了。

「哎、哎——別激動嘛！跟你開個玩笑而已。」傑克遜又露出了大白牙，笑道：「你是會長眼中的大紅人，把秘密任務告訴你也無所謂。」

「說吧！」

「為了應對靈能風暴。」

「什麼？又是靈能風暴？」龍耀和莎利葉同時大叫了一聲。因為上一場靈能風暴，距今才一個多月。

「你們是不是覺得太頻繁了？」傑克遜看到龍耀的表情，臉上洋溢著得意的神情，道：「其實還有更大的事件呢！」

「快說。」龍耀急切道。

「嘿嘿！這一次有二十個地區同時發生靈能風暴。」

「什麼？」龍耀表情中的恐懼遠超過震驚，一絲不祥的陰影籠罩向心頭。

能把一貫冷靜的龍耀嚇成這樣，傑克遜本來應該很開心的。但當他看到龍耀的表情後，黑黑的面龐上也浮現出憂慮。

「枯林會中的氣氛很壓抑，每一個人都覺得要輸掉了。曾經做過那麼多的努力，都要付之東流了。而靈樹會的人卻非常高興，因為如此大量的靈能風暴，肯定會製造出許多靈能者。當靈能者的數量到達一個數值，他們經營多年的陰謀就可以實現了。」傑克遜撓了撓後腦杓，道：「雖然不知道他們的陰謀是什麼，但我覺得絕對不會是什麼好事。」

龍耀緩緩閉上雙眼，伸手輕輕揉搓著額頭，腦海中的波濤翻湧不止，讓他的思緒變得一片雜亂。

「你們打算怎麼做啊？」龍耀問道。

「做最後的努力，盡量阻止靈種寄生。」傑克遜一貫嬉笑的臉上，出現了一絲少有的悲壯，道：「隊長說：即使是面臨死亡，也要榮譽的去死。」

龍耀輕輕的點了點頭，表情中帶有幾分敬佩，道：「平時的任務都是隊長安排嗎？」

「對！枯林會共有十位隊長，分別負責不同的工作。我是嚴岩隊長手下的，工作是最苦的前線戰鬥。」

「那你們會長呢？」

「會長是個神秘的人物，我從來沒有見過。」傑克遜捏著下巴想了一會兒，道：「不過，我估計他是東方一名隱士高人。」

「怎麼估計出來的？」

「直覺！男人的直覺。」傑克遜擺出一副高人的樣子，道：「我還估計靈樹會的會長是一名西方人。」

「越來越不靠譜了！」龍耀搖了搖頭。

「真的！」

「那如果東西兩方發生了玄門大戰，枯林會和靈樹會會加入哪一方？」

傑克遜轉著兩隻外凸的眼睛，就像一隻黑色的變色龍一般，道：「我估計枯林會會保持中立，而靈樹會會加入魔法協會一方。」

雖然這只是傑克遜的單方面估計，但龍耀卻突然感覺這推測很正確。他扭頭看向了一旁的莎利葉，莎利葉的眉頭也緊緊的皺了起來。

雖然莎利葉不想跟滿頭垃圾，而且周身圍滿蒼蠅的人說話，但最終還是忍不住問傑克遜：「靈樹會和魔法協會，有內在的聯繫嗎？」

「雖然沒有明確的情報指出這一點，但我感覺他們之間的關係很密切。」

「這次你們來了多少人？」龍耀又問道。

「三個：我，Mr. Liu，Mr. 屠夫。」

「只有三人？」

「沒辦法，同時發生二十場靈能風暴，其他地區更需要人手啊！」傑克遜攤了攤手，看向車內的龍耀，道：「Mr. Long，我們朋友一場，你能不能幫我啊？」

龍耀沉默了……

龍耀在成為靈能者之後，緊接著便與莎利葉結契，契約的目的是調查靈種的來源，所以常與靈樹會和枯林會發生衝突。然後龍耀為了拯救一些無辜的女孩，與魔法協會發生激烈爭鬥，進而變成東西兩方玄門戰爭的導火線。這兩件事表面上看起來沒有聯繫，但現在卻有統合成一體的可能性了。

龍耀抬頭看向傑克遜，道：「如果你能證明魔法協會和靈樹會是一夥的，那我願意出手助你。」

「真的嗎？」傑克遜笑了起來。

「但你要記住一件事，我幫的是你這個人，而不是你身後的組織。我可以跟你做朋友，但不會加入枯林會。」

「嘿嘿！我知道你不願意加入任何組織。」傑克遜伸出手來，道：「先謝謝你了。」

龍耀看了一眼傑克遜，見手掌上髒兮兮的，便道：「握手就免了。」

「嘿嘿！」傑克遜傻笑了起來。

005 鳳夜的武功

傑克遜是個相當健談的人，說完兩人合作的正事後，便開始閒扯自己的理想，說等玄門戰爭結束後，想當一名舉世聞名的黑人歌手，就像一代天王麥可傑克森那樣。

「不過我是不會漂白皮膚的，因為我對自己的膚色很自豪。」傑克遜靈巧的旋轉著舌頭，就像一隻正在進食的變色龍，轉了一個話題又道：「對了！你們知道嘛，美國總統其實是我親戚，他的阿姨的外婆的孫子的……」

龍耀的嘴角抽搐了起來，看了一眼車上的電子鐘，道：「吵死了！都連續說一個小時了，難道你就不覺得口渴嗎？」

傑克遜聳了聳肩膀，道：「這算不了什麼，我可以連續不斷的唱上一天，你不用為我的嗓子擔心。」

「我是為我的耳朵擔心。」龍耀不悅的白了傑克遜一眼，但後者根本沒有自覺性。

傑克遜又掏出了口袋裡的手機，道：「最近，網路上出現了一個紅人哦！」

「哦？又是想出名的小丑嗎？」

「不！不！不！這個可是很棒的，你聽聽她的歌聲。」傑克遜打開手機上的外放功能，一個稚氣中帶有莊嚴的聲音響起。

「心中乾坤藏，足下踏陰陽。莫嘆黃昏長，且待觀月朗……」

龍耀本來沒有在意，以為又是什麼怪歌，但聽過了幾句之後，發現是東方特色的歌曲，而且這聲音十分的熟習。

「這歌是哪來的？」龍耀問道。

「這人經常把視頻發到YouTube和Niconico上，但每次都戴著一副狐仙面具，據說作詞作曲和演唱，都是由她一個人完成。」

「哦，挺有才華嘛。」

「對啊！但這些都不是最關鍵的，最關鍵的是她只有十多歲，長得又萌又可愛。」

「你這個死蘿莉控，她叫什麼名字啊？」

「沒有人知道她的真名，只知道網路ID是Toomi。」

「咦！」

龍耀一把搶過了手機，看了一眼上面的視頻，果然看到一個小女孩，身穿陰陽師的服裝，在隨著音樂跳祈禱舞。

莎利葉斜睨了一眼，道：「這不是十御嗎？」

「這小丫頭到底想幹什麼啊？怎麼變身成網路歌星了？」龍耀奇怪的道。

「她可不是小丫頭，她比你大了幾十歲呢！」莎利葉糾正道。

聽到龍耀和莎利葉的對話，傑克遜露出了羨慕的眼神，道：「難道你們認識Toomi？」

「認識又怎麼樣？」龍耀將手機丟還給傑克遜。

「實不相瞞，我其實是Toomi大人的忠實歌迷。」

005 鳳夜的武功

傑克遜猛的撕開前衣襟，露出套在裡面的T恤，胸前畫著一個巨大的紅心，心裡面寫著「Toomi，我之命！」。

「哦！天啊！」龍耀拍著額頭道。

「我還是Toomi大人歌迷會的骨幹呢！」傑克遜賤兮兮的笑著，道：「你能為我引見一下嗎？」

「等以後有機會再說吧！」龍耀隨口應付道。

「那就這麼說定了，你可不要忘記啊！」

龍耀鄙夷的斜睨了傑克遜一眼，忽然看到鳳夜從武館中出來了。

傑克遜沿著龍耀的目光看過去，雙眼猛的綻露出驚豔的光芒。

「哇！美女啊！」

傑克遜的獸性被勾引了起來，像隻非洲草原上的野狗似的，甩動著沾滿口水的長舌頭，向著街對面的鳳夜撲了過去。但就在他要撲到鳳夜身前時，突然看清楚了對方的樣貌，身子頓時僵在馬路中間，「咦！是那天夜晚，穿旗袍的女孩？」

「啊！」鳳夜只看到一個黑影撲來，嚇得雙手捂眼大叫起來。

龍耀趕緊發動跑車，來一個低速的飄移，調轉車頭猛的向前一撞，將傑克遜撞飛了出去。

「鳳夜，妳怎麼了？」龍耀問道。

鳳夜奇怪的眨了眨眼睛，道：「剛才好像有隻黑猩猩在路上。」

「怎麼可能啊？一定是妳看花眼了。」龍耀像沒事人似的，輕鬆的聳了兩下肩，道：「上車！去妳家。」

「哦……」鳳夜戰戰兢兢的坐上車，跟著龍耀離開了現場。

當跑車消失在路口之後，一個垃圾桶翻倒了下來，傑克遜坐在垃圾堆裡，身下是一堆腐爛的臭魚。

「先是車被撞翻到溝裡，接著又撞了兩次垃圾桶，還有比這更倒楣的事嗎？」傑克遜感嘆。

「喵——」

「喵——」

「喵——」

005 鳳夜的武功

一群野貓忽然跳了下來，對著傑克遜又抓又撓，拚命搶奪著地上的魚。

「啊！還真有更倒楣的事啊！」傑克遜慘叫了起來。

鳳夜的母親是一名高級外科醫生，家庭的經濟狀況可以說非常富有，但家裡的擺設卻沒有絲毫奢華，倒更像是普通上班族階層的小戶人家。

家裡的裝修採用了簡潔大方的格調，室內基本沒有什麼裝飾性的物品，但大廳裡卻有一面陳列牆。牆上掛著各式各樣的刀具，從龍泉劍到暹羅劍，從武士刀到大馬士革刀，應有盡有。

「這是什麼啊？」龍耀看著刀劍問道。

「都是媽媽的收藏。」鳳夜回答道。

「哦？難道妳媽媽是用刀的高手？」

「是啊！她的確很會用刀，但不是用這些大刀。」鳳夜把手向著桌子一指，道：「而是那種小刀。」

龍耀的目光移向鳳夜手指的方向，見桌上擺著一個玻璃做的小盒子，盒子裡鋪著天藍色的襯布，上面擺著二十四把形態各異的手術刀刀頭。

「這是妳媽媽工作用的嗎？」龍耀問道。

「是啊！媽媽想讓我多接觸一下，將來也像她一樣成為醫生。」鳳夜的小嘴嘛了嘛，道：「但我害怕見血啊！一見血就頭暈噁心。」

「呃！那還真是不幸啊！」

在龍耀和鳳夜聊天的時候，莎利葉已經打開了冰箱，悶聲不響的取出了甜食，坐到電視機前大吃起來，簡直比在自己家裡還隨意。

鳳夜扭頭看到莎利葉，道：「正餐前，不要吃太多零食，會影響體形的。」

莎利葉拍了拍緊繃的肚皮，道：「體形是什麼東西？」

「呃……總之就是對女孩子很重要的東西。」

「跟我沒關係。」莎利葉聳了聳肩膀，繼續吃著巧克力蛋糕。

「唉……別吃了。跟我一起去洗個澡吧，然後做熱菜給妳吃。」鳳夜伸手去拉莎利葉，但卻無法拉起來。

莎利葉的屁股像生根一般，牢牢的固定在了沙發上。

「我從來不洗澡。」莎利葉道。

「咦！」鳳夜驚訝的望向龍耀，道：「從不洗澡？」

「不、不、不，她的意思是從不和外人一起洗澡。」

「哦！那她會跟你一起洗嗎？」鳳夜的臉頰浮現出了紅霞。

「妳想多了。」龍耀的嘴角抽動了兩下，拍了拍莎利葉的肩膀，低聲道：「去陪她洗澡吧！我趁機調查一下房間。」

「才不要，好麻煩。」

「洗一次，又不會掉塊肉。」

「哼！我要吃冰淇淋。」莎利葉開出了條件。

「好，我知道了。」

莎利葉懶洋洋的爬了起來，跟隨著鳳夜走進了浴室。

鳳夜的興致似乎很高，俏臉上一直掛著笑意，在幫莎利葉脫衣服時不斷稱讚她的皮膚白皙。

聽到浴室裡傳來淋浴響聲，龍耀才開始搜索起房間，先用靈能力探視了一下，沒有發現特別的東西。然後，龍耀踏進每一個房間，仔細的檢查可疑之物。但就算他把鳳夜的內褲都翻出來了，也沒找到任何與玄門有關的東西。

龍耀有些失望的坐在鳳夜的床上，用手指旋轉著一條內褲思索著，忽然，他的眼睛瞄到了一本筆記，筆記插在一排言情小說中，放射著幾乎微不可辨的靈氣。

龍耀伸手抽出了那本筆記，看到封面上寫著幾個鋼筆字——「線形神經反射式綜合格鬥術」。

「哇！這名字好科幻啊！線形神經反射？到底是什麼玩意啊！」

龍耀翻開了筆記本，發現裡面全是手寫，還配有鋼筆素描的解剖圖。

這些圖一看就是出自外科醫生之手，線條如同刀刻一般的剛健有力，上面清晰的標明了各條神經的位置和名稱，以及這些神經在格鬥對戰中所發生的變化。

如果是平常的書籍，即使內容晦澀難懂，龍耀也能一目十行，轉瞬間就融會貫通。但是眼前這本手寫的筆記，卻超越以往所有的書，就算愛因斯坦的廣義相對論，也沒有讓龍耀頭痛到這種地步。

這本筆記裡寫的「線形神經反射式綜合格鬥術」，融合了古代武學和現代醫學上的各種理論，然後有機的結合成了一種完全顛覆理念的格鬥術。這些格鬥術明顯是可行的，且看起來攻擊力會非常強悍，但龍耀卻怎麼也模仿不出來。

這種情況跟《無字天書》完全相反，《無字天書》裡的玄術是難以領悟，但是領悟後就能很方便的施展了。而眼前這本奇怪的筆記本，白紙黑字講述的內容很清楚，可是龍耀卻根本無法施展出來。

龍耀盯著筆記本看了大約半小時，額頭在不知不覺間掛滿了汗滴。他下意識的用手中的布料擦了擦汗，可突然聽到了鳳夜大叫的聲音——

「啊！色狼！」

「哪有色狼？」

龍耀抬頭看向了聲音的來源處，見披著浴袍的鳳夜站在門前，俏臉漲得跟紅柿子似的，而且還用一隻手指著自己的方向。龍耀本能的向身後看了一眼，發現房間裡沒有其他人了。然後龍耀撚了撚手中的布料，突然發現那是鳳夜的內褲。

「呃——」龍耀頓時愣在當場，低頭看了看手中的內褲，又抬頭看了一眼鳳夜，道：「草莓圖案的內褲，很漂亮啊！」

「啊！」

鳳夜羞澀的尖叫一聲，撲到床前想要奪回內褲，但卻絆倒在龍耀的身上。軟綿綿的雙乳壓在龍耀胸前，浴袍的衣領處露出白皙的肌膚。

鳳夜趕緊掙扎著站起身來，可因為剛才肢體摩擦的關係，腰間的袍帶已經鬆弛，浴袍沿著光滑的身軀脫落到地上。一副冰雕玉琢般的肌膚暴露在空氣中，整個房間都被明豔的白光填滿了。

龍耀仔細的端詳一陣，伸手將內褲遞了出去，道：「穿上吧，下面會著涼的。」

鳳夜在如此大的刺激之下，已經忘記要大聲叫喊了。她全身顫抖著站在原地，身後突然湧起了殺氣，還沾著水滴的長髮猛的一揚，如萬條毒蛇似的披撒向四方，長髮下的眼神變成了猩紅色，冷酷的目光如同飛刀一般的鋒利。

「咦！鳳夜，妳冷靜一點啊！」

005 鳳夜的武功

龍耀意識到鳳夜要轉換人格了，趕緊翻身滾到了床的後面。

鳳夜掃出了秀麗的美腿，腳掌踢在旁邊的書桌上，抽屜像是裝了彈簧一般，「啪」的彈出了一柄短刀。鳳夜飛身躍起在半空中，右手倒握住了雪亮的短刀，身子向著對面的牆壁撞去。

正當龍耀奇怪鳳夜的攻擊方向錯了時，忽然看到鳳夜在牆壁上反彈了一下，轉瞬間站到了另一面牆壁上，然後一刀向著他的後頸斬殺而來。

龍耀一把抽過鳳夜的枕頭，迎著短刀的方向奮力一擋。

「嗖——」

一道雪亮的刀光貫過枕頭，但枕頭卻繼續向著上方飛去。當撞到天花板的一瞬間，枕頭忽然爆裂成幾塊，無數的羽絨飛舞了出來。

龍耀緊貼在地板上，像一隻大號的壁虎，藉助羽絨遮掩形跡，向著房門處潛逃。但他明顯低估了鳳夜的實力，後者竟然踏著羽絨衝了過來，就如同踩在堅地上似的。

「這——」龍耀發出一聲驚嘆，雙手急忙合夾在前，準備接住那柄短刀，「奪天地……」

「奪天地一氣」的靈訣剛要發出，但鳳夜的速度實在太快了，竟然突破了音速的障壁，帶著一道震耳的音爆，猛的出現在龍耀面前，一刀刺向毫無防備的心臟。

但就在這千鈞一髮的時刻，一柄鐮刀斜刺裡掃了過來，「噹」一聲格擋下了短刀。龍耀被音爆震得向後猛退，直到後背撞擊在房間的牆壁上，同時胸前崩裂出一道駭人的傷口！這還只是被刀氣劃過的結果，如果被那柄短刀切實的斬中，那恐怖的結果就不言而喻了。

光著屁股的莎利葉阻擋在前，白皙的肌膚上還掛著水珠，道：「好恐怖的撞擊力，險些將鐮刀震飛。」

鳳夜冷冷的瞪著眼前的兩人，忽然向著身後的牆角一跳，身體化成了一道白色的光，在房間中高速的反彈起來，就像一顆裝在盒子裡的乒乓球似的。

忽然，鳳夜的身影高速衝來，莎利葉揮舞著鐮刀斬去。鐮刀呼嘯著斬中了身影，但卻沒有任何實感。與此同時，莎利葉的肩頭迸裂開一道血口子，血水如煙花似的噴撒在天花板上。

鳳夜的身形越來越快速，在牆壁上不斷的反彈著，身後拖出一排虛幻的殘影。

龍耀看了一眼手中的筆記，突然意識了這其中的奧秘，「難怪我無法模仿出筆記中的招式，原來這種格鬥術是專門設計給鳳夜的。」

如果把格鬥中的雙方看成兩個端點，那麼對於一般的格鬥方式來說，敵人這個端點的大腦發出生物電，經由神經系統傳遞到肢體上，然後肢體才能使出各種招式。這些招式被己方這個端點的感官捕捉，再經過大腦的各項處理後，對應的生物電再由神經傳出，肢體接收後才會擺出反擊的姿勢。

整體過程經歷了多個階段，可以說這是「曲線」式反射。

而鳳夜的格鬥術則不需要那麼麻煩，她是用神經直接針對敵方的神經，即筆記本裡描述的「直線性神經反射」。當敵方的神經傳輸信息之時，她的神經同時傳出反射性的招式，再加上她的肢體反應也很快，便造就了這種快到讓人無法應對的格鬥術。

雖然龍耀能領悟這種格鬥術的奧秘，但他根本無法學會這種格鬥術，甚至連破解的方法也無法找出，因為這是一種身心一體的完美格鬥術，能在瞬間將身體變成無法防禦的兵器。

「天下武功，無堅不破，唯快不破。」

龍耀輕輕的說出了這句話，將筆記本放回桌子上。

在這個時候，莎利葉又被斬中幾下，身上裂出多道血痕。而與她有著對等契約的龍耀，也在相同的部位出現傷口。

莎利葉在受了幾次傷後，鮮血點燃了她的殺機，死神鐮刀不再留有仁慈，開始與鳳夜搏命相擊。

莎利葉雙手攥緊了鐮刀桿，暗中打開了上面的封印。死神鐮刀散發出璀璨的光芒，刀刃轉瞬間變大了兩倍，鑲在刃背上的紅眼球瞪得溜圓，眼神中充滿了瘋狂和嗜血。

「啊——」莎利葉揮舞起巨型的鐮刀，向著鳳夜的殘影揮掃而去。

鳳夜的殘影在急速的奔跑中，幾乎佔據了房間的所有牆壁。當鐮刀帶著魔氣襲來時，所有的殘影都豎起短刀，整齊劃一的做出了格擋的姿勢。

「匡——匡——匡——」

鐮刀摧枯拉朽一般的前進，殘影如泡沫似的接連破碎。但突然破碎的聲音一滯，死神鐮刀被「噹」的一聲擋下了。

鳳夜的最後一個身影倒掛在天花板上，左手壓在的右手上，右手則倒握著短刀。短刀的刀刃散發出妖異的紅光，竟然能與鐮刀上的魔氣相抗衡。

005 鳳夜的武功

龍耀一眼便認出了那紅光，那是被靈種寄生後的力量！

看來那枚靈種沒有寄生到鳳夜身上，卻成功的在刀上生存下來，並給短刀帶來了十分奇異的靈能。

鳳夜蹲身向著下方一跳，短刀沿著鐮刀桿滑落下來，直襲向了莎利葉的頭頂。危機時刻，龍耀抖了抖衣袖，十根龍涎絲一起射出，旋轉著幻化成了龍形。

龍耀的這招「袖裡藏龍」釋放得很突然，選在鳳夜出招襲擊莎利葉的剎那間。本來這是避無可避的一招，可惜他面對的敵人是超越常識的鳳夜。

而鳳夜竟然不藉助任何支點，在半空硬生生的停住了身形，完全無視牛頓力學的三大定律。莎利葉想趁機配合龍耀夾擊，但卻被鳳夜一腳踢到床上。

鳳夜在半空中旋轉了起來，短刀在半空中急速的舞動，勾勒出一幅赤色的火鳥圖案，就像是翱翔九天的鳳凰一般。

龍形和鳳形兩道靈氣在半空中對撞在一起，赤色的火焰和紫色的閃電交織纏鬥，在房間裡形成一個巨大的能量球。這顆能量球就像新誕生的恆星，向著四周放射出無窮無盡的光熱，整個房間都像是要燃燒起來了一般。

「龍耀，怎麼辦？」莎利葉緊張的問道。

龍耀一邊持續向龍形中輸入靈氣，一邊道：「用妳的邪眼催眠她，告訴她這裡沒有危險。」

「邪眼，開——」莎利葉用兩根手指在眼前一抹，紫色的瞳孔中射出強烈的光。

莎利葉向著鳳夜一跳，想要直視她的雙眼，以便於釋放出催眠術。但是，現在的鳳夜處於高度戒備狀態，猛的一腳便將莎利葉踢向了天花板！

龍耀的眉頭皺緊了起來，看到書桌上有一面梳妝鏡，便一腳將鏡子踢飛向半空中。梳妝鏡化成無數的碎玻璃片，每一片都能折射出房間裡的景象。

「對碎玻璃片使用邪眼！」龍耀大叫道。

莎利葉的後背撞擊在天花板上，她忍住已經竄到喉嚨裡的鮮血，向著飛舞的碎玻璃片使出邪眼。一道紫色的邪光飛射而出，在碎玻璃片中不斷折射，轉瞬間變成數萬道光線，其中的一道直射向鳳夜，在她的腦海中釋放了一個安全的暗示。

在認為自己處於安全之中後，鳳夜的裡人格慢慢的沉睡了，身上的殺氣也如冰雪般消融。做

005 鳳夜的武功

過高強度運動後的鳳夜，在恢復表人格的那一瞬間，就昏昏沉沉的躺地沉睡了。

「呼……」龍耀癱軟的坐倒在地上，身上的傷口冒出白霧，在靈力的作用下癒合起來。

莎利葉「撲通」一聲從天花板上掉了下來，像一隻光溜溜的青蛙似的趴在地板上。

龍耀拍了拍莎利葉的屁股，道：「起來！把房間打掃一下，不能讓鳳夜發現打鬥的痕跡。」

「我太累了，你自己打掃吧……」

「懶蛋，那妳至少把衣服穿上。」

「好麻煩啊！衣服脫了還要再穿，所以我才討厭洗澡。」

龍耀用靈能將牆壁上的傷痕彌平，然後將垃圾打掃進了垃圾袋裡，特地帶到幾條街外才丟掉。在返回的路上，他順便買了十份冰淇淋，一份給鳳夜，一份給自己，八份給莎利葉。

006 巨型靈種

鳳夜躺在床上睡了半個小時，因為被莎利葉的邪眼洗腦，所以醒來後，剛才發生的事情都不記得了。

鳳夜換上一件居家穿的衣服，輕輕揉捏著額頭走出臥室，感覺好像有什麼地方不對，但一時之間又無法記起來。

龍耀和莎利葉坐在沙發上，一邊淡定的吃著冰淇淋，一邊看著綠島市的新聞。鳳夜看了一眼龍耀，臉蛋突然變紅了，雖然她不知道這究竟是為什麼，但感覺好像發生過很羞人的事。

龍耀指了指桌上的冰淇淋，道：「來吃一個吧！草莓口味的，妳應該很喜歡吧。」

「咦？你怎麼知道我喜歡草莓口味的？」鳳夜驚訝的問道。

因為我看過妳的內褲，上面印滿了草莓圖案——龍耀在心裡是這樣想的，當然他是不會說出來的。他和莎利葉已經挨了一次教訓，可不敢再刺激鳳夜轉換人格了。

「猜的。」龍耀如此解釋道。

雖然龍耀的話裡充滿了破綻，但純真的鳳夜卻信以為真了，以為與龍耀心有靈犀了，連心臟都「怦怦」的亂跳起來。

根據鳳夜以前看的少女雜誌，這應該就是「愛情」的感覺了。

但實際上完全不是那麼一回事，而是因為鳳夜的另一個人格在吶喊，警告表人格的鳳夜要小心「內褲賊」。

「不要吃太多的涼食，我去給你們做晚飯。」鳳夜羞赧的說了一句，轉身躲進了廚房。

莎利葉斜睨了一眼鳳夜，道：「她好像喜歡上你了。」

「那是妳想多了。」龍耀道。

「你不喜歡她嗎？」

「不喜歡。」

「那你為什麼偷她的內褲？」

「那是誤會。」

「哼哼！我才不信呢！這事我要記下來，回去就告訴維琪。」

「幹嘛要告訴她？」

「出門之前，她讓我把你的出軌行為記錄下來，回去後答應用十根棒棒糖酬謝我。」

「那個小臭丫頭竟然在我身邊安插間諜啊！」龍耀搖了搖頭，道：「別告訴她這些事。」

「不行、不行！我可是很有職業操守的。」莎利葉拍著平坦的胸脯道。

「那如果我給妳二十根棒棒糖呢？」

莎利葉撓了撓鼻子，道：「職業操守是什麼鬼東西啊？」

「唉！妳這個貪吃鬼。」

莎利葉咧嘴笑了笑，道：「那我就不告訴維琪了，但還得告訴林雨婷，她答應給我十個蛋塔。」

「我擦！妳操守掉了一地啊！」龍耀一臉的無奈，道：「我給妳二十個蛋塔。」

「OK！那不告訴林雨婷了，但我還得告訴葉晴雲，她答應給我十塊鳳梨酥。」

「妳這個沒操守的小丫頭，妳到底接受了多少委託啊？」龍耀雙手托住了額頭，已經不知道該說什麼了。

鳳夜做出來的晚餐，還是那種一貫的風格：張牙舞爪的外形，回味無窮的味道。

鳳夜在沒有轉換人格前，用刀的技術真是差得恐怖，連菜都無法切成一樣長，就像狗牙啃咬的一般。但正常人格下的鳳夜心思十分縝密，能把滋味和火候調控的分毫不差，做出的菜肴中充滿了溫暖的愛心。

龍耀不敢低頭看飯桌上菜的樣子，因為那會讓他聯想起《惡靈古堡》，會有一種正在吞食殘肢斷臂的感覺，所以他一直將雙眼固定在天花板上，然後用心去品嘗著這些家常菜中的美味。

忽然，龍耀想到了一件事，房裡全是女士用品，那鳳夜的爸爸去哪了？

「鳳夜，妳爸爸呢？」龍耀裝作不經意的問道。

鳳夜正在給莎利葉夾菜，俏臉上洋溢著幸福的表情，但聽到龍耀的問題之後，立馬變得傷感了起來，道：「他跟媽媽離婚了，已經有了新的家庭，再也不會回來了。」

龍耀仰頭長嘆了一口氣，感覺鳳夜比胡培培還慘，至少後者的父母都愛她，一直關注著她的成長。而且胡培培還有那麼多朋友，一直陪在身邊給她動力和歡樂。

龍耀將手拍在了鳳夜肩頭，道：「以後，有什麼事情需要幫忙，儘管打電話給我好了。」

「嗯！謝謝。」鳳夜的雙眼浸著淚道。

「對了，妳瞭解妳媽媽的過去嗎？」龍耀轉了一個話題道。

「過去？她一直都是醫生啊！」

「那本《線形神經反射式綜合格鬥術》是她寫的嗎？」

「咦，你看過那本筆記？」

「啊……一時好奇，隨手翻了翻。」

「那本書是媽媽寫著玩的，我也不知道寫了些什麼，但她讓我一字不落的背下來。」鳳夜無奈的聳了聳肩膀，忽然想到了什麼奇怪的東西，道：「那本書一直放在我的臥室啊，你是什麼時候看到的？」

「呃——」龍耀的嘴角抽搐起來。

鳳夜秀麗的眉頭抖動了兩下，粉團一般的俏麗臉蛋紅了起來，道：「我剛才睡覺的時候，做了一個很奇怪的夢，夢到你在玩弄我的內褲，難道那是真的……」

「咳！咳！」龍耀被魚刺卡住了嗓子，劇烈的咳嗽了好一陣子，道：「怎麼、怎麼可能啊？是莎利葉拿給我看的。」

莎利葉的注意力都放在吃飯上，即使被龍耀扣上了一頂黑鍋，臉上的表情也沒有絲毫改變。

鳳夜見莎利葉沒有反駁，便抬手拍了拍發燙的小臉，道：「對不起！是我想多了。」

龍耀心中還有很多疑問，但怕勾起鳳夜的記憶，所以不敢再提這事了。但有一件事可以確定，鳳夜的媽媽不是一般人，極可能是玄門之中的高手。既然她能寫出「線形神經反射式綜合格鬥術」，那相信她本身的實力跟劍皇葉卡琳娜相差無幾。

鳳夜的媽媽和劍皇葉卡琳娜都是沈麗的同學兼好友，那沈麗的真實身分又是什麼？她的實力又有多高呢？

龍耀陷入了沉思之中……

清洗過晚飯的盤碗之後，鳳夜便乖乖回房溫書去了。莎利葉坐在客廳裡看電視劇，而龍耀則在一旁研究《無字天書》。

《無字天書》中的第二卷「缺一者為尊」，雖然已經被龍耀默背進了頭腦中，但至今還是無法領悟出這一卷的奧秘何在。所以一到閒暇的時候，龍耀便會思索書中的內容。

龍耀每次默想完都覺得有些收穫，但卻又說不出到底收穫了一些什麼。

這種既好像抓住了，又好像沒抓住的感覺，時時縈繞在他的腦海之中，就如水中月、鏡中花一般的縹緲。

晚上十點鐘左右，街上的燈光都暗了下去，大多數家庭已經入睡了。此時，龍耀的手機突然響起，是傑克遜打來的電話。

「已經觀測到靈種降臨。」傑克遜道。

「可是沒有風暴啊？」龍耀奇怪的道。

根據以往的經驗，在靈種降臨的前夕，會伴隨著大型的風暴，但現在的夜空一片晴朗。

「最近的靈種降臨越來越詭異，沒有風暴也不值得奇怪了吧？」

「嗯！這話也有幾分道理。」

「你不是想看靈樹會和魔法協會合作的證明嗎？」

「你找到了嗎？」

「在我埋伏的草叢前一千米處，兩名魔法師和靈樹會的人站在一起，正準備迎接靈種的降臨。」

龍耀的眼神放射著凜冽的清輝，語氣也突然間變得冷酷了起來，道：「把你手機的 GPS 坐標傳給我。」

「OK！」傑克遜回應了一聲，傳來一個 GPS 坐標參數。

龍耀打開 Google 電子地圖，將 GPS 坐標參數輸入其中，很快便鎖定了傑克遜的位置。龍耀的眉頭皺緊了起來，再三確定數據沒有出錯後，才認定坐標位置在鳳夜的家門前。

龍耀快步走到窗前，向著前方掃視一眼。前方有一道低矮的山嶺，山嶺外便是蒼茫的海。龍耀慢慢的閉上雙眼，與此同時打開了第六感。

帶有靈氣的第六感擴散開來，如同煙霧一般的瀰漫出去，將整個山嶺籠罩在其中。山嶺上的一草一木，都在一瞬間變得清晰起來。山嶺的實體逐漸消融，變成了縹緲的靈氣。隱藏在山嶺中的人，也影影綽綽的顯現了出來。

草叢中埋伏著的枯林會共有三人：傑克遜，劉飛，屠夫。站在嶺頂空地上的則有五人：三名靈樹會的靈能者，兩名魔法協會的魔法師。

突然，魔法師中有一人傳來熟習的感覺——

龍耀的眼睛猛的睜了開來，道：「是加里．科林！他也參加靈種戰爭了。」

莎利葉吃掉最後一碗冰淇淋，翻身從沙發上彈跳了起來，道：「靈種降臨的事件越發頻繁，看來我們離找到根源不遠了。」

「嗯！不過我們的處境也越來越危險了。」龍耀伸手拉開了玻璃窗，縱身跳進了夜幕之中。

莎利葉點頭表示贊成，隨後也跟著跳進了黑暗中。

與海岸毗鄰的山嶺之上，雜亂的生長著一片槐樹林，明亮的月光投影在林間空地上，照亮了五個焦急等待的人。

層層疊疊的浪濤不斷拍打著山嶺，時不時有幾滴碎玉般的水珠拋起，輕輕的飛灑在一本厚重的古書上。但古書周圍包裹著濃厚的魔氣，水滴剛一靠近就被汽化成了黑霧。

魔法協會的中階魔法師——加里．科林捧著古書，正在慢慢的研讀書中所記載的邪惡咒語。旁邊站著另一名魔法師，他比加里．科林年長一些，戴著一頂誇張的高頂禮帽，穿著花裡胡哨的西裝，單手玩耍著一塊金製的懷錶。

「時間不早了，靈種怎麼還沒有降臨？」戴禮帽的魔法師有些不耐煩的道。

「布雷，你用不著這麼急躁，一切都在我的控制之中。」加里．科林淡定的說道。

「哈哈！不知道你老師卡穆斯死的時候，你是不是也跟他說過同樣的話？」布雷大笑起來。

加里．科林抬頭斜瞅了布雷一眼，雙眼中閃現出一道駭人的邪光，同時，書中也逸出了層層的黑氣。

布雷的笑聲戛然而止，重重的吞了一口唾沫，道：「加里．科林，不要再研究那半本《最終遺言》了。」

「為什麼？」加里．科林低著頭問道。

「《最終遺言》是魔法協會的高級魔導書之一，製作的材料是古代英雄和惡魔的靈魂，所以書中『正』與『邪』的力量是對等的。」

「那又怎麼樣？」

「在卡穆斯死的時候，《最終遺言》被分成了兩半。龍耀拿走了上半部，而給你留下了下半部，『正』與『邪』的力量也就徹底分離了。」布雷盯著加里．科林手中的書，道：「很明顯，龍耀取走的是『正』，而你手中的是『邪』。」

加里．科林瞅了布雷一眼，冷冷的噴出了一口氣，道：「一派胡言。」

「難道你沒有發覺，最近自己的性情大變嗎？」布雷看到加里．科林的眼神，便輕嘆了一口氣，道：「算了！隨你的便吧！」

接下來，山嶺又陷入了死一般的沉寂之中，只有前方的海濤不斷的嘩響。

其實，加里．科林當然知道這半本《最終遺言》的害處，因為他已經被「惡鬼」纏上身了。

而這「惡鬼」不是別人，正是他的老師卡穆斯。

卡穆斯死得很不甘心，陰魂不散的附在書上，不斷的騷擾加里．科林，在他的耳邊呢喃著鬼話：「哈哈！我的好徒弟啊，師父死得好痛苦！」

加里．科林把眼睛從書上移開，看到師父那半透明的亡魂在飛舞，就像香菸冒出的青色煙霧似的。卡穆斯保持著死時的樣子，一百八十歲的老臉皺成一團，兩隻眼睛就像老鼠洞，黑漆漆的深不見底。

「哈哈！在師父命懸一線的時候，你的第一反應不是拯救師父，反而是從我手裡搶魔導書。」卡穆斯嘲笑道。

加里．科林沉默了一會兒，反問道：「如果我們的立場對調，當時你的第一反應是什麼？」

這次輪到卡穆斯沉默了，三分鐘後才誠實的回答道：「哈哈！當然是搶魔導書了。」

師徒兩人對視了一眼，一起「哈哈」的大笑起來。

卡穆斯的亡魂只出現在加里．科林的眼中，布雷和三名靈能者只能看到加里．科林在自言自語。當加里．科林面容扭曲的大笑之時，四人面面相覷的向後退了幾步。

卡穆斯大笑著衝到了槐樹林上空，繞著加里・科林的頭頂轉了幾圈，就像是飄舞在風中的炊煙一般。

「哈哈！但是，我的好徒弟啊，布雷說得很正確，這半本《最終遺言》的確是邪書。」卡穆斯露出一副陰森的表情，將一雙乾枯的手搭在徒弟肩頭，道：「龍耀對靈氣擁有超強的感應，他的第六感一定預測到了結果，所以才把這半本『邪書』留給你，而將那半本『正書』交給維琪。」

「可惡的龍耀，真不愧是我今生最大的敵人。」加里・科林內心中的怒火被挑動了起來。

「哈哈！可惡的龍耀，你一定要殺了他，一定要替我報仇，替我報仇，替我報仇……」卡穆斯不斷的呢喃道。

「龍耀，我要殺了你！」加里・科林忽然仰天長嘯起來。

「殺了我？哼哼！」

隨著一聲輕蔑的冷笑，一道身影踏上了山嶺。

龍耀現身在月光之中，周身散發著凌厲的靈氣，槐樹林掀起了一陣波瀾，枝杈間發出「卡卡」的碰撞聲。四周的林風和海風糾纏在一起，形成了一個陰陽互抱的太極圖案，以龍耀為中心，輕緩卻穩重的旋轉著。

莎利葉緊跟在龍耀的身後，三隻眼睛裡閃爍著紫色的光，肩頭扛著巨大的死神鐮刀，刀上的紅色眼球四處亂轉，眼神中充滿了焦急和躁動。

布雷看到有人踏上山嶺，臉上露出了陰戾的笑容，道：「這就是龍耀嗎？」

「對！就是他，就是他！」加里．科林瞪圓了雙眼，瞳孔中旋轉著螺紋，就像深淵中的漩渦一般。

「哈哈！就是他，就是他！」卡穆斯也露出與徒弟一樣的眼神，一雙乾枯的手在半空中亂抓著。

布雷聳了聳肩膀，道：「他真如傳說中般的難以對付嗎？我怎麼感覺他有勇無謀啊！兩個人就敢來挑戰我們五個。」

加里．科林陰森的嘲笑起來，道：「有勇無謀的人是你啊！難道你沒有想過嗎？為什麼他會找到這裡？」

「咦！你的意思是我們被人跟蹤了？」布雷警惕的看向四周。

加里．科林將手拍在《最終遺言》上，幾道鬼魂呼嘯著撲向了一片樹叢。而樹叢裡也同時飛起一道無形利刃，「嗖嗖」嘯響著將鬼魂切成了碎片，然後直接切向了龍耀的脖頸。

龍耀伸出兩根手指一夾，將無形利刃控制在眼前，道：「不錯啊！功力又見長了。」

無形利刃的主人劉飛，從草叢裡站了出來，冷酷的臉上充滿惱怒。雖然龍耀的話是誇讚他，但實際上卻與嘲笑他無異。因為上一次見面的時候，龍耀還要躲避著他的線刃，而這次竟可以用手硬抓了。

傑克遜從草叢裡躥了出來，道：「不要打架！不要打架！都是自己人啊！」

「哼！」劉飛冷哼了一聲，收回了無形利刃。

布雷看了一眼加里．科林，見他的臉上掛著陰冷的笑，道：「難道你從一開始就知道，他們躲藏在草叢中嗎？」

「當然。」

「那為什麼不抓出他們來？」

「因為我要引龍耀過來。」

布雷的嘴角抽搐了兩下，低聲道：「瘋了！徹底瘋了！」

十人對峙在空蕩蕩的樹林中，靈氣和魔氣糾纏擠壓在一起，現場的氣氛壓抑的讓人窒息。忽然，一股強烈的靈氣自天際傳來，巨大的靈氣讓所有的人胸口一悶。

眾人知道靈種要降臨了，一起看向靈力傳來的方向，又在同一時刻呆愣住了。夜空中出現了一道火流星，劃著赤色的火焰俯衝向大地。

「怎麼是顆流星？靈種呢？」龍耀問道。

傑克遜也傻了眼，道：「應該是靈種啊！這是怎麼回事？」

火流星越飛越近，斜著劃過了山嶺。當軌跡離山嶺最近時，眾人突然看到了真相，原來那就是一枚靈種。

這枚靈種竟然有兩米長，呈現流線形的水滴形狀，通體是半透明的寶石紅，側面不是普通的人臉圖案，而是一副完整的身體線條圖。

十個人見到這種奇怪的靈種，都像遭到冰封似的愣在了當場。靈種呼嘯著衝向前方的居民區，這時才有人記起此行的任務。

靈樹會的三名靈能者最先起步，向著巨大的稀有靈種飛奔了過去。枯林會的三人也幾乎在同一時刻，轉身追著靈樹會的人發起了攻擊。山坡上很快就傳來了呼喝聲和爆炸聲，重複過幾百次的靈能戰爭再度爆發了。

但龍耀四人卻沒有動，而是繼續瞪視著對方。

布雷看了加里．科林一眼，見他臉上依然掛著邪惡的笑，便道：「我們不去搶奪靈種嗎？」

「沒有必要。靈種最後必將屬於我們。」加里．科林信心滿滿的說道。

「那我們殺掉龍耀吧！」

「也沒有必要。會有人替我們殺掉龍耀。」

布雷的嘴角抽搐了一陣，心想：「這傢伙徹底的瘋了！」

007 佛露殺機

龍耀看了一眼下方的巨型靈種，見那枚靈種貼著傾斜的山坡飛行，直衝向鳳夜居住的那棟公寓樓。

巨型靈種撞進了公寓樓裡，將一間臥室的前窗撞碎，而那間臥室正是鳳夜的！

六名靈能者緊追著靈種，飛躍進了破碎的房間之中。

「不好！快出來！」龍耀突然大叫了一聲。

就在龍耀的話語喊出的同一時刻，幾道紅亮的光從房間裡迸射出來。刀氣如同真實的刀刃般鋒利，六名靈能者在同時被斬出了傷口。

傑克遜提前聽到了龍耀的警告，在千鈞一髮的時刻拉著劉飛退出了窗戶，但還是被一條刀軌追了上來，兩人的胸前都被切出一條口子。屠夫的反應稍微慢了一些，被刀光斬斷了一條手臂。

站在樓下的劉飛望著黑洞洞的房間，見那顆巨型靈種降臨在一張床上。而床前站著一個握刀的女孩，長髮如同毒蛇一般的扭動著。

「什麼人？」劉飛揮出了無形利刃。

無形利刃劃破了漆黑的夜，如同一隻無形的鬼手般，向著鳳夜的脖頸纏繞上去。但在劉飛抬起手來的那一刻，鳳夜的神經就已經做出了反應，身子向著旁邊的牆壁上一彈，劃出一連串的殘影，轉瞬間就繞到了劉飛的身後。

劉飛的眼睛猛的瞪圓了，還沒來得及做出反應，臉頰上就出現一條血口。劉飛急速的將利刃收回，繞著身體做出了螺旋形的防禦招式，但這在鳳夜的超高速刀法下形同虛設，不一會兒身上就迸裂出七、八道傷口。

「不要刺激她，她能感應到殺氣！」龍耀大喊道。

「Mr. Liu快住手！」傑克遜冒著生命危險雙手死死的抱住劉飛，努力抑住他身上的殺氣。

上。

鳳夜持刀站在月光下，感覺身邊變得安全後，身上的殺氣才逐漸褪去，然後虛弱的坐倒在地上。

「好可怕的女孩！」傑克遜打著哆嗦道：「上次就差點死在她手裡。」

劉飛深深的喘著粗氣，手臂不自覺的打著顫，鳳夜剛才釋放的殺氣差點讓他失去鬥志。與龍耀的睿智多謀相比，還是鳳夜的純粹更可怕，那種純粹到極點的殺機，能讓任何敵人感到膽寒。

布雷見龍耀的注意力放在嶺下，便偷偷的打開懷錶的錶蓋，一段黑色的咒文飄動了出來，搖搖晃晃的鑽進了大地之中。雖然明亮的月光照射在地面上，但卻出現了一團黑色的陰影，將龍耀、莎利葉、加里．科林、布雷籠罩在內。

龍耀突然有一種奇怪的感覺，感覺時間的流動速度很奇怪。龍耀從傑克遜的活動速度上，判斷時間大概只過了一秒鐘，但頭腦中卻有一種幾個小時的感覺。

「怎麼回事？」

龍耀裝作不知情的樣子，悄悄的打開了第六感，仔細感應能量的流動。腳下的陰影圈中有些古怪，好像有東西自腳下被抽走了，但又不知道究竟是些什麼。

布雷看到陰謀得逞之後，臉上露出了猙獰的笑容，突然向著龍耀發起攻擊。龍耀猛的從袖中抽出針灸針，向著布雷的方向彈射過去！

針灸針的初速度非常的快，眼看就要擊中布雷的胸口了，但布雷卻突然一攥懷錶，針灸針突然停滯住了。而布雷的速度卻突然加快，如同針灸針一般的激射而來。

莎利葉發現情況不妙，想揮動鐮刀去救助龍耀，卻發現鐮刀的速度減慢了，而相應的，布雷的速度更快了。

龍耀見已經無法躲避了，只能爆起一股護體靈氣，硬生生的接了布雷一拳。龍耀向著後方的大樹飛摔出去，像是電影慢放似的飛旋在半空中。

但龍耀並沒有因傷痛而放棄思維，他扭頭看向了地面上陰影的邊緣，發現那個陰影是個半徑五十米的圓，以布雷立腳的地方為圓心，並且隨著布雷的移動而轉移。

「莎利葉，向另一邊跑，快——」龍耀以慢放的嗓音，對著莎利葉大喊道。

莎利葉張開背後的六隻大翼，紫色的羽毛漫天飛舞起來。如果是平時的天使羽翼，能給莎利葉帶來超音速的速度，但現在她的速度跟步行無異。

布雷想過去阻止莎利葉，但又怕龍耀摔到陰影外面，便衝著加里．科林大喊道：「你還站在那邊幹什麼?快趁機殺掉龍耀和他的召喚靈啊！」

但加里．科林卻站在原地沒動，陰森的笑道：「時間竊賊布雷，你太心急了！」

莎利葉一旦脫離了陰影，速度立馬恢復了原狀態，身體超音速的飛了出去，將七、八棵大樹撞倒。然後，莎利葉憤怒的推開頭頂的斷樹，遠遠的向著布雷掃射出一記刀風。

鐮刀的風刃旋轉著飛了過去，就像是一把鋒利的回旋鏢一般。但當風刃進入陰影的範圍內時，卻逐漸的變成一團緩緩飄動的微風了。

此時，龍耀才慢慢的摔在地上，但落地的痛楚卻依然如常，並沒有因速度減慢而緩解。

「布雷，我已經看穿了你的把戲，你這個偷竊時間的盜賊。」龍耀緩慢的說道。

「哼！故弄玄虛，想拖延死期吧？」布雷笑道。

加里．科林的鼻孔噴出一口冷氣，道：「布雷，你不太瞭解你的對手了，聽聽他接下來的話吧！」

龍耀的臉上掛著輕蔑的表情，因為身上的時間流動的很慢，所以那表情好像定格了一般，

「你的魔法是劃定一個範圍，當敵人處於這個範圍內時，時間會被你吸到自己身上。」

聽到龍耀做出這樣的分析後，莎利葉突然在外圍大聲叫道：「是魔場！」

「魔場？」

「魔場是一種極高等級的魔法，將魔力向『波』的方向轉化，最終擴散成一個巨大的『場』。被『場』籠罩的範圍會變成『亞空間』，『亞空間』的製造者在這個空間之中，就如同創世神在主空間中一般，有權力憑藉心意修改『亞空間』中的某些法則。」莎利葉說出了魔法原理。

「原來如此啊！那這個魔場的規則就是敵人的時間要奉獻給我吧？」

布雷稍稍愣了一會兒，繼而輕輕鼓起掌來，道：「精彩！真是精彩的推理。難怪魔法協會將你定為一級危險人物。」

「過獎了！」

「好吧！你的智慧證明了你的價值，為了賜予你一個榮譽的死，我會向你報上我的名號。」

布雷端正了一下領結，擺出西方貴族的禮儀，道：「我，斯里卡‧布雷子爵，布雷家族的長子，魔法協會的中階魔法師，第十六號時之守衛者，在此將賜你光榮的死。」

龍耀沒有去聽這段廢話，而是繼續思考魔場，道：「魔場與靈場，是同樣的嗎？」

「基本原理相同。」莎利葉道。

「哦！也許多接觸一下魔場，能讓我領悟靈場的奧秘。」

「是有這種可能，不過難度會非常高。」

布雷的臉早已扭曲，右手高高的抬了起來，拳頭上纏繞著咒文，道：「你有沒有聽我說話啊？」

布雷以為這一拳是必中的，因為龍耀根本無法閃避。但讓他吃驚的事情發生了，龍耀竟然在危機時刻，身子如同一隻彈塗魚似的飛彈起來。

布雷的拳頭重重的砸在地上，地面上的時間瞬間被吸取，草木枯萎成了一堆蒼白的灰塵。這時布雷才發現龍耀的詭計，原來他趁著剛才說話的時候，用極慢的速度做了一個「大彈弓」。

「大彈弓」是用兩條龍涎絲做成的，偷偷的捆綁在兩棵大槐樹的根部，另一端則偷偷的拴在了腰間。布雷不知道「大彈弓」的存在，所以沒有抽取「大彈弓」的時間。在布雷的拳頭打下來的一瞬間，龍耀用「大彈弓」將自己彈了出去。

一旦逃離了布雷的「時間竊取魔場」，龍耀的移動速度馬上恢復了正常，翻滾著落到了山嶺下的居民區中。

布雷感覺受到了愚弄，憤怒的向龍耀追來。

「時間竊取魔場」隨著布雷一起移動，黑色陰影轉瞬間襲來。

龍耀剛想發動遠距離的攻擊，忽然身邊的鳳夜又站了起來。但這一次她似乎並不是暴走，而像是睡眠中的夢遊一般。鳳夜緊閉著一雙美目，嘴唇急速的翕張著，詠誦出一大段咒文。

萬道金光自鳳夜的腳下迸出，伴隨著巨大的魔力飛向了天空。鳳夜的長髮漫天飛舞，身後呈現出鳳凰的圖案。在這璀璨的金光照耀之下，布雷腳下的陰影消融掉了。

「咦？是禁魔咒令？」布雷吃驚的站在原地，像是被時間禁錮住一般。

加里．科林也驚呆了，慢慢的走向山嶺的下方。

卡穆斯盤旋在他的頭上，老臉上扭動著怪異的笑，「哈哈！那可不是一般的禁魔咒令，而是魔法協會中最高等級的，嚴禁高階、中階、初階、甚至學徒魔法師，對這個女孩使用任何類型的魔法。」

「為什麼在這種地方，會有這種禁魔咒令？」加里‧科林問道。

「哈哈！這就很難講得清楚了！但有一點很明確，就是那個下咒令的人，等級比為師還要高。」

鳳夜在發動完禁魔咒令後，又昏倒在龍耀的懷抱之中。

布雷扭頭看向了加里‧科林，道：「兩個中階魔法師聯手的話，是有辦法打破禁魔咒令的，我們要不要……」

「蠢貨！雖然我們合兩人之力，是可以打破禁魔咒令的，但我們以後怎麼面對下咒者？那個人的等級可是遠高於我們的。」

雖然被罵作「蠢貨」讓布雷十分的不悅，但加里‧科林的話卻很正確。如果下咒者報復的話，那他們兩人都難逃一死，畢竟對方的等級太高了。

「難道要將靈種拱手讓人嗎？」

「不！我早就說過了，一切都在控制之中。」

在加里·科林說這話的時候，龍耀的手機突然響了起來，裡面傳來維琪焦急的聲音，道：「哥哥，不好啦！」

龍耀的眉頭皺緊了起來，道：「出了什麼事？難道魔法協會又要綁架妳了？」

「不！這次他們綁走了艾憐！」

「什麼？」龍耀抬頭看向了加里·科林，後者露出了扭曲的笑容。

「哥哥，怎麼辦？綁架的汽車駛向機場，葉晴雲和胡培培都追去了，但我怕她們不是對手啊！」

龍耀狠狠的咬了咬牙，道：「要胡培培通知艾威，讓他也去幫忙救人。」

「知道了！」

「我馬上就趕回去。」龍耀掛掉了手機，惡狠狠的看向加里·科林。

加里·科林嘴角帶著陰笑：「將那枚靈種交給我吧！作為交換，我不會阻擋你去救人。」

龍耀回頭看了一眼房間中的靈種，那枚巨型靈種散發著無窮的靈力，如果可以仔細研究一下的話，說不定就能解開靈能的秘密了。但現在情勢逼人，龍耀權衡利弊後，只好拱手讓人了。

討價還價。

「靈種，你們可以拿走，但要把房間修復好。」龍耀雖然處於不利的地位，但仍不忘適當的

「這個很簡單。」加里．科林看了一眼布雷，道：「用你的時間魔法很容易吧？」

「什麼！你要讓一個貴族去當泥瓦匠嗎？」布雷生氣的吼道。

「布雷，暫時放棄你那無用的高傲吧！這對我們完成任務沒有半點幫助。」

「哼！」布雷生氣的轉動起懷錶，逆時針方向倒退，破碎的牆壁緩慢恢復到戰鬥前的樣子。

三名靈樹會的靈能者，用特殊的裝備取出靈種。而枯林會的三人只能瞪眼看著，尤其是劉飛眼中充滿了殺機，但他也知道失去了龍耀的幫忙，他們三人是對付不了對方五人的。

「還有，別忘了給居民區的人下暗示，讓他們忘掉今晚的這些動靜。」龍耀抱著鳳夜回到樓中。

加里．科林望著龍耀的背影，臉上露出了無比扭曲的笑容。這是在他與龍耀的戰鬥中，第一次取得了壓倒性的優勢。

「就這樣放過他嗎？」布雷問道。

「不要著急，會有人替我們殺掉他的，一切都在我的控制之中。」加里．科林陰森的說道。

卡穆斯聽著徒弟的話，觀察著徒弟的表情，突然想起年輕時的自己。

「哈哈！哈哈！哈哈……」師徒兩人同時仰天長笑起來，姿勢和表情是一模一樣的。

龍耀將鳳夜抱到了床上，給她留下一張告別的紙條，然後和莎利葉驅車返回。法拉利跑車的紅色尾燈，在漆黑的公路上拖出兩道紅色的光，大馬力的引擎發出怪獸般的嘯叫，轉眼間就把時速提升到三百三十公里。

當龍耀的車快要到達跨海大橋時，忽然手機傳來了急促的鈴聲。龍耀隨手按下免提鍵，裡面傳來一個稚嫩的聲音，「我是十御。」

「咦！妳怎麼現在打電話給我？」龍耀隱約有一絲不祥的感覺。

「我預感到了你的死亡，死亡時間是今夜，死亡地點是歸途。」

「怎麼才能避免？」

「馬上停車。」

「可是我的妹妹……」

「你拯救不了她。」

「不！我曾經做過承諾，我一定要拯救她。」

「你會死的。」

「人固有一死，與其苟延殘喘，不如捨生取義。」

「哼！我早就知道你會這樣想。」十御發出一陣輕笑，道：「我也曾向你做過承諾，在面臨死亡時給你幫助。」

「那妳打算怎麼幫我……」

龍耀的話語還沒有說完，忽然兩個人影飛了起來，自左右兩側夾擊向跑車。莎利葉猛的從虛空中抽出鐮刀，與半空中的兩人各自交擊了一下。

「咦！奇怪的武器。」莎利葉發出這樣的感嘆。

「喂喂！」龍耀對著手機喊了幾句，卻發現十御已經掛斷了，便轉而詢問莎利葉道：「有什麼奇怪的？」

莎利葉站在跑車的座位椅背上，與半空中的兩個人影不斷交戰著，道：「好像是什麼宗教儀仗。」

龍耀的眉頭皺緊了起來，看向飛旋在頭頂的兩人。那兩人穿著深色的衣服，模模糊糊的隱在黑暗中，手中拿著兩根青銅杖，兩端有突起的雕花，中間刻有奇怪的咒文。

「金剛杵？」龍耀吃驚的叫出了名字，道：「是佛門中人嗎？」

此時，跑車已經駛上跨海大橋，大橋上的一切突然間消失了，只剩下無窮無盡的黑暗。龍耀知道這是進入法陣之中了，有人用術法把所有的光都屏蔽掉了，他只能盡力保持直線前進。

「啊——」

黑暗中突然傳來一聲暴喝，左右各跳出八人一起砸向了跑車。

「這是什麼情況？」

耀猛的一腳踩死剎車，跑車旋轉著飄移起來，最終撞在橋欄杆上。跑車的前臉被撞壞了，但驅動系統依然完好，龍耀把車重新發動起來，準備加速衝過這塊區域。但龍耀突然發現一個嚴重的問題，那就是因為剛才跑車的旋轉，所以現在他已經分不清方向了。

剛才的十六個人都手持金剛杵，將大橋的橋面砸出了一個凹坑。再加上一開始發起攻擊的兩人，現在共有十八名敵人站在面前。

雖然看不清楚對手的樣貌，但龍耀能猜出他們的門派，道：「各位大師，為什麼半夜不閉門參禪，反而跑出來打家劫舍啊？」

「哼！龍耀，不要用花言巧語，顛倒了是非黑白。」一名和尚道。

「你們知道我？」

「當然！我們就是為了拿你而來。」

「有什麼正當理由嗎？」

「你冒充道門的弟子，襲擊魔法協會之人，意圖挑起玄門戰爭，置蒼生性命於不顧，實在是罪不容赦。」

「呵呵！顛倒黑白的人，是你們才對吧？」龍耀冷笑起來，道：「真是欲加之罪，何患無辭。」

「什麼？」

007 佛露殺機

「魔法協會用活人做試驗，還在東方地界上屢次行惡，你們身為東方玄門中的頂梁，竟然對此不聞不問。我為拯救蒼生，重整玄門秩序，隻身挑戰邪惡，卻被汙蔑有罪。」龍耀伸出手指來，問道：「你們佛門為了偏安一隅，竟然向魔法協會低頭，做出這種喪權辱門的事。」

這十八名和尚都是佛門武僧，面對龍耀伶牙俐齒的指責，禿腦殼下的腦容量顯然不夠用。

「到底誰在置蒼生性命於不顧?到底誰才是罪不容赦之人?」龍耀又追問道。

就在十八武僧犯難之時，忽然一道金光垂天而降，照亮了大橋外側的一片海，海上漂浮一艘樓船。這艘船是完全用木材打造的，長約五十米，寬為二十米，共分五層，船身外圍貼著金箔，如同從古書中漂出來的一般。

樓船最頂層擺著三把太師椅，每把椅子後都立著一面旗，旗上分別寫著「道」、「佛」、「儒」三個大字。三把太師椅上坐著三名老者，分別代表著道、佛、儒三派，三人的臉都遮掩在陰影中。

代表佛派的老者坐在中央，聽到龍耀的嚴厲指責後，道：「龍耀，你雖有幾分邪慧，能說幾句歪理，但難掩殺人越貨的罪行。」

「殺生為護生，我有什麼罪？」龍耀伸手指向佛門老者，道：「我為救萬人而殺一人，你為護一人而害萬人，我們倆到底誰功誰過？」

「你——你——你——就算你再能辯，也逃不過懲罰！」

「哼！我知道就算辯贏了你，到最後還是難逃一戰，但我仍然要辯論下去。因為我要讓天下人知道：我是為了天下蒼生而死，而你們是為一己之私而生。」

「如此冥頑不靈，佛也要動怒了。」佛門老者猛的一揮手。

十八名武僧接到信號，一起向龍耀撲殺而來！

金剛杵上充滿無限殺機，再也不見半點佛門仁慈。

003 地獄岸邊

十八根金剛杵閃爍著奪目的光，在黑暗之中劃出一道道的光弧，將所有碰觸之物化為塵土。

龍耀和莎利葉背靠背的站在一起，竭力招架著十八名武僧的合力圍攻。

「十八人欺負兩個人，這算什麼『名門正派』啊？」莎利葉嘲笑著說道。

「自古以來，以多欺少，便是『名門正派』的特權。」龍耀淡然的道。

「你倒是挺習慣這種事啊？」

「以前在小說電影裡見得多了，不過沒想到自己竟然也會遇到。」

十八名武僧合攻了一陣子，見龍耀和莎利葉心意相通，便擺出了分而擊之的陣勢，慢慢的將兩人隔了開來。很快，大橋上的戰鬥變成了兩團，龍耀和莎利葉不能相呼應了。

莎利葉依靠著死神鐮刀，還能與九名武僧周旋。而龍耀的武器只有針和絲，在以一對多的激烈纏鬥中，便暴露出剛猛不足的缺點了。

龍耀的針灸針幾次射向武僧，但卻被旁邊的人亂棍彈飛了！

龍涎絲雖然可以暫時牽制一個人，但因為對方是一個互相照應的團體，所以反而讓自己落入了更危險的局面。

眼見自己的劣勢越來越大，龍耀不得不使用《靈如要訣》。「奪天地一氣」的靈訣一發動，四周的靈氣都向龍耀聚集了起來。

但武僧們顯然早有準備，一起將龍耀圍攏在中心，同時將金剛杵插在地上，齊聲發動了咒令：「金剛不動禪。」

九名武僧合力發動禪術，九根金剛杵劃出一個九邊形，將龍耀和外界的靈力隔開。龍耀只吸納了少許的靈氣，無法發動「一氣化三清」。此時，武僧趁機衝到龍耀身前，九根金剛杵一起猛打下來！

龍耀來不及向旁邊閃躲，肩頭和胸部挨了幾棍，身上變得鮮血淋漓了。

「小心啊！」莎利葉揮舞著鐮刀，逼開了圍攻的武僧，想奔過來救援龍耀。但莎利葉急中生亂，背後的空門大開，被武僧趁虛而入，幾記金剛杵砸下來，震得莎利葉吐血飛退，摔倒在龍耀的腳下。因為兩人簽訂的是對等的契約，所以這下子讓龍耀傷上加傷。

十八名武僧見龍耀已失去戰鬥力，便想逼近將他生擒活捉。但龍耀是那種越在危機時刻，越能釋放出自己潛能的人，他猛的將全身的靈氣凝聚在一起，發動出還沒完全掌握的「缺一者為尊」。

「大衍之數五十，其用四十有九。」龍耀的雙手如同幻影般的一陣比劃，在空氣中交織出四十九條龍涎絲。

龍涎絲縱橫盤旋著，幻化出無數圖案。先由太極生出兩儀，又從兩儀生出日月，日月之後變出四時，四時循環化出五行，五行生剋推出十二辰，十二辰往復變成二十四氣……

後面的演化越來越多，圖案也越來越複雜，直至龍耀都無法認清。

十八名武僧在佛門長大，自幼就被授予金剛杵，並教導以各種功夫降魔。他們的配合可謂是完美無缺，然而「缺一者為尊」正是完美的剋星。武僧們被困在了四十九條龍涎絲中，攻擊和防守的節奏頓時混亂起來。

龍耀和莎利葉趁此機會，向武僧們發出反擊，四名武僧當即受傷倒下。

坐在下方樓船裡的三名老者一陣驚訝，佛門老者扭頭看向了一旁的道門代表，道：「《無字天書》是你們道門的術法吧？你們竟然將如此高深的術法傳授給一個冷血嗜殺的惡魔！」

道門代表不悅的輕咳了一聲，道：「大師，您這話就說得不對了！縱然龍耀有千錯萬錯，但從沒有殺過無辜之人。」

「你還替他狡辯！」

「事實如此。」

「嗯，李洞旋，我知道你的心思，你一直想收他為徒，所以處處心存袒護。」

道門老者向前挪了挪身體，金光中露出李洞旋的臉，道：「哼！龍耀是有過錯，但還罪不及死。佛門的這種作法，貧道覺得十分不妥。」

佛門老者的嘴角一陣抽搐，扭頭看向一旁的儒門代表，道：「黑校長，你怎麼看？」

儒門老者向前探了探頭，竟然是綠島大學的校長。他那張清瘦的臉上帶著幾分擔憂，道：「我對龍耀也不是很熟習，建議還是從輕從緩處理吧，以防鑄成無可挽回的大錯。」

「哼！你們儒門就會和稀泥。今夜貧僧一定要降妖伏魔！」老和尚生氣的一甩手，縱身飛躍到了半空中。

「嗡、縛日羅、馱都、鑁。」老和尚誦起《大日如來心咒》，身後的夜空中浮出一輪紅日。四十公里長的跨海大橋，一瞬間被照得錚明瓦亮，就像暴露在無影燈下一般，連最隱蔽的死角中也沒了陰影。紅日在半空中緩慢旋轉，逐漸分化出「卍」字形，天際浮現了無數的祥雲。

老和尚將佛珠向前一揮，道：「大日如來，降妖伏魔。」

「卍」字形的光芒一陣閃爍，幻化出成千上萬把光劍，將四十九條龍涎絲斬斷，如同蜂群似的撲向了龍耀。

「不好！這也是一種『場』能力，他將敵人都看成了妖魔，藉助『神佛』的力量來消滅。」莎利葉驚訝的道。

「可我不是妖魔啊！」龍耀道。

「但你處在老和尚的『場』中，他有權將你當作是『妖魔』，就像布雷有權抽取你的時間一樣。」莎利葉擋在了龍耀的身前，流血的小臉上充滿了決然，「讓我來阻擋他吧！」

「不！妳處於他的『場』中，不是一樣也很危險嗎？」

「至少我比你耐打。」莎利葉揮舞起鐮刀，迎著萬道光劍砍去。光劍爆裂在鐮刀之上，幻化成強烈的光芒，將莎利葉吞噬了進去。

龍耀猛的躍到前方，轉身抱住莎利葉。光劍轉眼間閃爍完畢，全部刺在龍耀的身上。莎利葉躺在龍耀的懷抱中，一雙紫色的眼睛瞪得溜圓，出神的盯著龍耀的胸口。

龍耀低頭看了一眼胸口，看到自己已經被光劍刺穿了，便露出一個淒然的微笑，道：「好像也不是很疼。」

龍耀的手臂不自覺的抖動起來，掌心的契約鎖鏈也跟著一起顫動。莎利葉感應到龍耀的生命正在流逝，趕緊將自己的力量轉移給龍耀一些。但龍耀卻搖了搖頭，道：「莎利葉，我們的契約是對等的，我的死亡會拖累妳……趁我還有意識的時候，我們將契約終止吧！」

「不！」

「等到我死後，妳會怎麼樣？」

「失去了你的靈力供給之後，我將被強制驅逐出人間界，重新回到原本的地獄中。」

「好！那我將最後的靈氣傳送給妳，這應該能讓妳在人間再堅持一會兒，希望妳能代替我救出艾憐。」

「不！不！這會讓你死得更快的。」

龍耀沒有聽從莎利葉的話，將最後的靈氣輸送到鎖鏈上。與此同時，幾名武僧飛躍了過來，揮金剛杵打在他的背上。

「啊！噗……」龍耀噴出最後一口血，倒在了莎利葉的懷中。

「龍耀！龍耀……」莎利葉仰天大叫了起來，臉上流下了兩道淚河。

老和尚依然飛懸在天上，雙手合十唸了一聲佛號，道：「阿彌陀佛！把這個異界邪神也超度了吧！」

武僧們聽到了老和尚的命令，一起舉金剛杵打向了莎利葉。莎利葉猛的攥緊了契約鎖鏈，將龍耀最後的靈氣盡數吸收起來，揮手向著武僧們猛的橫掃出一鐮刀。

武僧們以為莎利葉已經是風中殘燭，沒想到她發動了更凶猛的攻擊，一起慌張的豎立起金剛杵來防禦。但莎利葉的憤怒已經到達極點，身上的魔氣如火山噴發似的湧出，死神鐮刀也隨之變得更加巨大，長成原來的三倍大小，將金剛杵斬斷成兩截。衝在最前面的幾名武僧，隨之被鐮刃分屍在當場。

天空中的老和尚大驚，憤怒的向著莎利葉一揮手，道：「妖孽，拿命來！」

萬道光劍重新聚攏起來，一起刺向莎利葉。莎利葉憤怒的迎著光劍，將一隻手按在了頭環上。頭環正面鑲有一塊紫水晶，後面封印著第三隻邪眼，當第三邪眼打開封印後，莎利葉可以變回原身，也就是地獄七君主的形態。雖然這種形態只能維持三分鐘，但那卻是真正的神魔一級力量，眼前的這個老和尚根本無法承受。

不過在人間界變成神魔之身，會讓莎利葉受到魔法反噬，其副作用也是非常可怕的。但莎利葉顧不了那麼多，她現在就要為龍耀報仇，然後去完成龍耀的遺願。

可突然橋上冒起一股白煙，一個土堆在莎利葉身前冒出。

下一秒，一名魁梧的忍者冒了出來，像猿猴似的半蹲在地上，一隻手輕輕的按在腳邊，另一隻手握著肩後的刀柄，道：「伊賀忍者百地壘，來也！」

忍者的肩膀上坐著一個女孩，女孩穿著紅白相間巫女裝，頭戴著金質的前天冠，長長的頭髮分成幾縷，用白色的檀紙包裹後，再用麻繩分束成小股，分別散落在胸前和後背。

看到有光劍飛襲而來，小女孩輕輕一抖袖子，射出十張紅色的靈符，「臨、兵、鬥、者、皆、陣、列、在、前。」

靈符隨著咒語幻化變大，排列成一堵巨大的牆，將光劍格擋在外面。

代表佛、道、儒的三名老者都是一驚，沒想到半路會殺出一名陰陽師來，而且還是一名實力高強的蘿莉陰陽師。

莎利葉幽幽的吐了一口氣，道：「十御，妳來晚了。」

十御從百地壘肩頭跳下，明亮的雙眼中閃著星輝，道：「不晚，剛剛好。」

「可他已經死了。」

「他必須死亡，因為這是命。」

「那接下來呢？」

「續命！」

十御唸動了幾句奇怪的咒令，咬破手指將血塗在龍耀的臉上，勾勒出一個奇怪的陰陽靈符，接著雙手快速的結了幾個手印，道：「魂兮，歸來！」

龍耀只覺得後背一痛，接著便失去了意識。當他再次睜開雙眼的時候，發現自己平躺在野花田中，周圍都是不知名的花草。不遠處有一條黑色的河，河中流淌著黑得發亮的水，水面上漂浮著許多紅色的花。那花朵是如此的豔麗，就像整條河都在燃燒一般。

就在龍耀感到奇怪時，忽然一艘小船渡了過來，船首站著一名黑袍老人，道：「上船！上船！」

「你是什麼人啊？這又是什麼地方？」龍耀問道。

黑袍老人不高興的抬起頭來，露出一張白慘慘的骷髏臉，道：「你竟然敢向死神提問，難道想被扔進奈河裡嗎？」

「哦！原來我已經死了啊！」龍耀淡定的看了看四周，道：「死後的世界是這個樣子啊！」

008 地獄岸邊

死神在這條奈河上划了幾千年的船，還是第一次見到有人這麼冷靜。忽然，他想起了什麼，道：「難道你是龍耀？」

「咦！我這麼出名嗎？」

「你跟地獄七君主中的莎利葉結有契約吧？」

「是。」

「地獄七君主的另外六位想要你的亡魂，但閻王認為東方人的亡魂應該歸他管，兩幫人正在死神殿中爭吵呢！」

「哦！」

「不過不管你到了哪一邊，都會被那邊的人重用的。」死神搖了搖船槳，「請上船吧！」

「慢著！」隨著一聲嬌喝，一道白光從天而降，道：「龍耀的亡魂，歸天堂所有。」

龍耀抬頭看向了不速之客，見是一名金髮白衣的天使，頭頂上懸浮著金色的光環，身後撲動著兩隻白色的翅膀。

死神的眼中閃爍著不悅的光：「他又不是西方人，更不是基督教徒，跟天堂有什麼關係？」

「我們已經調查過了，龍耀生前是一位慈善家，還曾假借天使的身分，拯救過幾十名少女，因此他應當進入天堂。」天使道。

「就算龍耀生前是一位大善人，那他也應該歸地藏菩薩管，由不得你們天堂指手畫腳。」

「可惡！你一個下界的苦工，竟敢這樣跟天使說話！」天使生氣的抽出腰間的長劍，似乎隨時都要衝下去決鬥。

「哼哼！你別以為我不知道天堂的內幕，你們根本就不在乎人的善惡，只是想掠走重要的人物而已。」死神舉起了船櫓，擺出大戰三百回合的架式。

在天使和死神爭吵不休時，龍耀閒庭信步一般的走到河邊，直視著如同星空一般的河水。龍耀欣賞著燦爛的紅花，終於記起那叫彼岸花，是代表悲傷和思念的花。龍耀撿了一根草葉，隨手丟進了河水之中，想測一下河水的流速，但沒想到那草直接沉了。河口的密度非常的古怪，除了漂在彼岸花和死神船的邊緣外，似乎所有的東西都會下沉。

但在龍耀眺望河上游的時候，忽然看見有東西順流漂了下來。他伸出兩指輕輕一夾，將那東西撈在了手中，驚訝的發現是一粒青色的靈種。

這枚靈種顯然還沒有發育完全，所以也不會對龍耀造成排斥。

龍耀奇怪的張望著河上游，問道：「你們探尋過河的發源地嗎？」

「咦？」

天使和死神都停止了爭吵，用奇怪的眼神看著龍耀，道：「你還有心情關心這個？」

龍耀將青色的靈種藏進袖子裡，道：「你們說的天堂和地獄，我都沒有什麼興趣，我可不可以回人間？」

「當然不可以！」天使和死神終於在這事上達成一致。

「還是先把他載過河吧！以防夜長夢多。」死神道。

「好！那等到了河對岸，我們再決定誰帶走他。」天使道。

龍耀被兩人拉到了船上，船慢悠悠的駛進河中。

這奈河看起來也不是很寬，但行進起來卻非常緩慢，帶著花香的迷霧時不時的飄來，讓人完全失去了時間和方向感。

當船行駛到河中央的時候，忽然迷霧中傳來一陣鈴音，有一個稚嫩的聲音喊道：「龍耀，我來接你了。」

「咦！」天使和死神都嚇了一跳，沒想到有人能追到地獄來。

龍耀四下張望，卻看不到半個人影，道：「是十御嗎？妳在哪裡？」

「苦海無涯，回頭是岸。」十御這樣說道。

天使和死神都瞪大了眼睛，一起衝著龍耀大喊道：「不要回頭！」

但是龍耀已經搶先回頭了，眼前的景象一陣天旋地轉，船竟然返回了開始的河岸，好像從來沒有划出去一般。

十御輕輕搖動著神樂鈴，站在一片斑斕的花叢中，俏臉上一副恬然的表情。龍耀的心中充滿了喜悅，轉身就想從船上跳下去，但卻被天使按住了肩膀。

「喂！你已經死了，還想回去嗎？」天使問道。

「當然了！我還有未完成的事業。」龍耀猛的一抖肩膀，想用靈力震開對方，卻發現沒有絲毫作用。

龍耀的眉頭皺了一下，向十御投出救助的目光。

十御聳了聳柔嫩的肩膀，道：「在這裡，我也無法施展力量。」

「咦？什麼意思？」龍耀不解的問道。

「這裡是地獄的邊界，與人間的規則不同。在人間的那些能力，在這裡都不被承認，除非……」

「除非建立自己的『場』？」龍耀悄然大悟道。

「對！龍耀，你好好的想一下，如果你就這樣返回，照樣會再死一次，因為你不是佛門的對手。」十御跪坐在花叢中，道：「與其那樣，還不如先提升自己的實力。」

天使瞪了一眼死神，指著花叢中的十御，道：「那個高傲的小丫頭是誰啊？為什麼能活著進入地獄？」

「呃！我也不知道啊！《生死薄》上沒有記載這一號人物。」死神擦了擦額頭上的汗滴，道：「現在的這種情況很不妙啊，讓我想起兩千年前的齊天大聖。」

《生死薄》上沒有十御的名字，因為十御並不是自然人，她是生物科技下的克隆人，死後會被當作流魂處理。

「這裡的時間與人間界很不相同，你可以好好的利用這個優勢來思考。」十御欣賞著彼岸花，臉上的表情十分祥和。

龍耀聽從了十御的建議，坐在船尾沉思了起來。

天使的嘴角抽動了一陣，道：「喂！快划船啊！」

死神慌慌張張的搖了幾下櫓，但船好像凍結在水中一般，「沒用啊！好像被什麼卡住了。」

「龍耀是我們天堂要的人，今天我一定要帶走他。」天使從肩後扯下一根羽毛，向著天空輕輕的一吹，羽毛在天使的吹氣中化成長箭，「嗖」的一聲射向了一片炫白的天空。

「啊！你竟然敢找幫手，那我也不能閒著了。」死神從袖子裡掏出一張符，用兩根手指狠狠的一撚，紙符「噌」的燃燒了起來，化成一團青煙飛馳而去。

天使和死神針尖對麥芒一般，臉貼臉的將雙眼瞪在了一起。然而龍耀和十御卻依然很平靜，兩人都在思考著各自的心事。

「場」在物理學上，是一種特殊的物質，看不見、摸不著，但它確實存在。「場」能真實的佔據空間，雖然人類無法感覺到，但卻可以透過效果來判斷。

而玄術中的「場」，可以看作是物理學中「場」的延伸，將「場」佔據的空間轉化為「亞空間」，在「亞空間」中以意志來重新書寫各種規則。

從某些層面上說，玄術和科學其實是一樣的，只是兩者的基礎理論不相同，導致走向了兩個極端。

龍耀思考著「場」的各種概念，試圖參悟「場」中的奧秘。只有當他掌握了「場」之後，才能不受制於地獄，重新回到人間界去。

十御見龍耀思考的很艱難，提醒道：「『場』會擁有什麼效果，其實不是術者能決定的。」

「咦？」龍耀微微有些吃驚，道：「葉晴雲的時間停滯場，老和尚的如來驅魔場，難道不是自己決定的？」

「不是！『場』其實是心境的一種表現，把你的心境無限的放大，結合自己的魔力或靈力，投放到現實世界中來，就可以形成一個『場』。而這個『場』所具有的效果，取決你潛意識中的思想。葉晴雲覺得自己體質差，希望自己的動作比別人更快，所以『場』的效果就是讓時間停滯。老和尚認為佛法最廣大，希望世上的人都歸服於佛門，所以『場』的效果就是懲戒外道。」

003 起死回生

一語驚醒夢中人！

十御的話如同醍醐灌頂一般，瞬間讓龍耀念頭通達了。

「原來如此啊！那我的心境就是……」龍耀忽然站起了身來，向著河岸邁出了步子。

天使和死神一起伸過手來，牢牢的按在龍耀的肩膀上，道：「你已經死了！還想去哪啊？」

「我還有未完成的心願，不能就這樣輕易的死去。」龍耀回答道。

「這可不是你說了算的。」天使道。

「對啊！在地獄中，你得聽我們的。」死神也道。

「呵呵……那你們試試能不能攔住我吧！」龍耀猛的一步邁下了船，同時身上爆逸出靈氣，將天使和死神都推開了。

與此同時，天空中十幾道白光急駛而來，頭戴羽盔的天使揮劍衝向龍耀；而另一邊有死神策馬衝來，手裡握持著黑色的鉤鐮槍。

龍耀將雙手向兩側一分，濃厚的靈氣擴散開來，形成了一個奇異的「場」。

地面上忽然吹起了凜冽的風，大量的靈氣隨風聚集而來，旋轉著形成一個太極圖案。靈氣如同霧氣似的鬱積，在龍耀頭頂形成了雲霞。雲霞時聚時散化成了飛雨，金色的雨滴垂直下落，劃出一道道的金色絲線。被淋浴在金雨中的龍耀，靈力轉瞬間就恢復了正常，如同在人間界一般的自由。而天使和死神被雨淋到後，馬上感到體內的力量正在被帶走。

「這雨是怎麼回事？」天使有些痛苦的問道。

「天雨雖寬廣，不潤無根草，只助有緣人。」死神幽幽的道。

「哎？什麼意思？」

死神不再搭理天使，衝著龍耀的後背大喊道：「不要走！只要你肯留在地獄，可以升遷為鬼神的，到時你就是我的上司了。」

天使也跟著大叫起來，道：「龍耀，別回去！只要你肯升入天堂，可以給你聖人的職位，享受永無止境的福報。」

「呵呵！這些都不是我想要的。」龍耀冷笑著道。

「那你到底要什麼？」死神和天使一起問道。

龍耀的眼神一凜，稍微組織了一下語言，緩緩的誦出了咒令——

我，非魔非聖，藐視三界，不入五行。

為救蒼生，寧墜無間。行雖有瑕，意卻無咎。

不求功德，但求無愧。歷經千劫，不泯初心。

此生所願：替天行道，渡罪斬業，捨生取義。

這道剛編纂的咒令一唸出來，龍耀的靈場旋即轉完全展開了，四周的空間變得扭曲起來，人間和地獄的邊界變得模糊了。

龍耀走到十御面前，道：「妳真的不會使用『場』嗎？」

「是的。」十御輕輕的點頭道。

「妳理解的這麼透澈，為什麼不會使用啊？」

「因為我沒有感情，也就無法建造心境，所以永遠學不會『場』。」十御淒然的道。

十御是作為「現世神」被製造出來的，在一開始就從基因中剔除了感情。

「我會幫妳找回感情的。」龍耀橫抱起了十御，向著邊界線走去，道：「順便問一句，妳為什麼要當網路偶像啊？」

「你看到我唱歌的視頻了？」

「對！從妳的一個歌迷那裡看到的。」

十御的嘴角輕輕抽動了一下，這個表情很像是得意的笑，但因為她生來沒有感情，所以肌肉的動作很不協調，道：「為了收集信仰之力。」

「嗯？」

「我的靈能力是收集信仰，所以必須有人來膜拜，我才能聚集起力量。但我離開了神道教後，膜拜我的信徒就減少了。」

「哦！我明白了！所以妳變身成了網路偶像，成為萬千宅男心中的『萌神』，將他們的信仰之力收集了起來。」

「哼哼！你倒是挺瞭解的嘛，難道你是我的歌迷嗎？」十御問道。

龍耀的嘴角抽搐了兩下，道：「面對一個六十九歲的老太太，我可萌不起來。」

龍耀和十御的身影消失在邊界上，就像從來沒有出現在地獄中一般。死神和天使都頹廢的坐了下來，感嘆道：「這下子可麻煩大了！怎麼向上頭交差啊？」

就體感而言，在奈河旁大約待了兩個小時，但在人間界裡，龍耀才死不到兩分鐘。老和尚還懸在半空中，見光劍被靈符擋住了，便憤怒的加大了力量。光劍終於擊穿靈符，向著十御眾人刺殺而來。

百地壘趕緊抽出忍者刀，對著金色的光劍一頓格擋。「叮叮噹噹」的一陣亂響之後，忍者刀變成了魚骨狀，他本身也挨了七、八記光劍。

忽然，龍耀的屍體發出了光亮，有空靈的聲音隱約響起，如同從另一個世界吹來的風一般。

「我，非魔非聖，藐視三界，不入五行。為救蒼生，寧入無間。行雖有瑕，意卻無咎……」

一道靈場隨著咒令而打開，天空中降下金色的雨，雨點撒落在破碎的橋上。忽然，被戰鬥破壞的橋面竟然自動癒合起來；撞壞了前臉的法拉利跑車，也慢慢的復原回本相；滿身是血的莎利葉沾到雨後，血水和傷口都在轉瞬間消失了。百地壘驚訝的仰望著天空，將崩壞的忍者刀平伸出來。忍者刀在金雨的滋潤之下，如擁有生命的活物一般，裂紋和崩口轉眼間就修復了。

與此同時，靈動的風從四面八方聚集而來，武僧們和老和尚頓感體力不支，體內的力量都被風抽走了。

「……不求功德，但求無愧。歷經千劫，不泯初心。此生所願：替天行道，渡罪斬業，捨生取義。」

當咒令說到最後三句時，樓船上的三面大旗一起折斷，「道」、「佛」、「儒」三個字隨風而走，飄到了龍耀屍體所在的位置處。

龍耀的屍體在金雨的滋潤下，身體的機能重新運作了起來。龍耀猛的睜開了閃著紫光的雙眼，淡然的看了一眼飛舞在風中的旗子，道：「看來『正義』在我這一邊。」

此時，老和尚已經落回了樓船上，但還是不認輸的捏了一個手印，道：「金剛降魔。」一道凜冽的金色佛光垂天而落，在半空中幻化成金剛羅漢之狀，舉起卡車大小的拳頭砸下。龍耀慢慢的抬起一隻手來，輕描淡寫的向上方一托，竟然接下了這千鈞之力！

老和尚大吃一驚，扭頭看向身邊的兩人。雖然李洞旋和黑校長都沒有「場」，但卻對「場」能力非常的瞭解。

「大師，你是當局者迷啊！」李洞旋感嘆道。

「你沒有聽到龍耀說的第一句話嗎？」黑校長問道。

「第一句話？」老和尚回憶了一下，突然驚得全身一顫，「非魔非聖？」

「對！龍耀的第一句話就講明白了，在他的那個『靈場』之中，他既不是魔，也不是聖，所以免疫你的降魔之術。」

「看來在他的那個『靈場』之中，只能使用不帶有立場的功法了。」李洞旋點了點頭，道：「這大概就是龍耀的心境吧！他想建立一個沒有分別的大同世界。」

「這……」老和尚慌張了起來，道：「兩位，我們三人一起出手，使用不帶立場的功法，務必將龍耀擒拿下來。」

黑校長輕輕嘆了一口氣，道：「大師，也許『正義』真的在龍耀那一邊。」

「咦?黑校長，你這是什麼意思?」

「我們何必急著懲罰龍耀?不如再觀察一段時間吧!」

「誰來監視他，誰又來負責?」

「我來監視。」黑校長道。

「我來負責。」李洞旋道。

「你、你、你們兩個……唉……」老和尚重重的跺了一下腳，樓船化成了一團金色的光，隨著波濤急速的漂走了。

與此同時，大橋上的黑霧飄散開來，重新露出滿天的星斗。龍耀低頭看了一眼時間，見已經浪費了一個小時，道：「快去機場。」

但當龍耀四人趕到機場的時候，只看到加里·科林的私人飛機正急促的消失在夜幕之中。

「要把它打下來嗎？」莎利葉示意可以展翅追上，將那架私人飛機擊落下來。

「這樣太危險了！艾憐會受傷的。」龍耀否決了這個建議，然後打電話聯繫維琪。

維琪、葉晴雲、胡培培就在機場裡，馬上趕過來與龍耀會合了。三人的臉色都十分難看，好像遇到了很糾結的事。

龍耀看了一下她們三人，問道：「艾威呢？」

「他跟魔法協會的人一起走了。」胡培培回答道。

「咦！他不是想奪回艾憐嗎？為什麼跟綁架者一起走？」

「綁架者之中有張鳴啟，他說服了艾威一起走。」

張鳴啟是艾威和胡培培的師父，所以在艾威心中的分量很重。

維琪沉默了一會兒，終於忍不住問道：「哥哥，魔法協會的人告訴艾憐，她的父母是你殺死的，這是真的嗎？」

葉晴雲和胡培培瞪大了眼睛，緊張的等待著龍耀的回答，希望他能爽快的把頭搖一搖。但龍耀卻長嘆了一口氣，道：「我本來打算等艾憐成年之後，再把這件事的來龍去脈告訴她。」

「啊！真的是你殺的！為什麼啊？」維琪驚訝的問道。

龍耀回想起慘死的艾氏夫婦，沉默不語的望向寂寥的夜空。

莎利葉吃著十御帶來的金平糖，道：「是因為靈種戰爭。」

聽到這句話，葉晴雲下意識的嘆息，她已經猜出事情的經過了。

「我之所以要重整玄門世界的秩序，就是為了防止這種事情再次發生。」龍耀道。

「瞭解了！」維琪點了點頭，道：「我會繼續支持哥哥的。」

胡培培輕嘆了一口氣，道：「你們也不用太擔心，有艾威跟在艾憐的身邊，至少可以保證她的安全。」

「嗯！看來妳的榆木腦袋，偶爾也能聰明一下。」龍耀道。

「哼！對了，師父在臨走的時候，偷偷給了我一本書。」

「給我看一下。」

胡培培遞出一本手寫的書，封面上寫著五個毛筆字——自損八百劍。

「自損八百劍？好奇怪的名字啊！」龍耀奇怪的翻閱起來。

龍耀把全書快速的翻閱了一遍，見這是張鳴啟自己創的劍法。這劍術搜羅了道門所有凶狠招式，可以說是道門劍術中的殺人大全。但因為這些招式太過陰狠毒辣，所以會讓陰氣逆襲練劍的人，「傷人一千，自損八百」便是這套劍法的寫照。

龍耀看完這套奇怪的劍法後，最初的想法是張鳴啟想害胡培培。但剛要把這個說法告訴胡培培，龍耀突然又覺得情況有些不對，問題就出在胡培培的身上。她的靈能力是不死之身，無論在戰鬥中受什麼傷，都能在轉瞬間痊癒。也就是說，胡培培根本不怕「自損八百」，無論受什麼樣傷都無所謂。

「難道這套劍法是張鳴啟特地為胡培培所創？」龍耀突然冒出了這種想法。

可他為什麼要給胡培培創招？難道是想暗中拉攏胡培培嗎？

不對！張鳴啟是個狡猾世故的人，應該知道胡培培生性單純，是不會輕易背叛自己的。

「奇怪的傢伙。」龍耀將《自損八百劍》還給胡培培，道：「很好的劍法，好好練習吧！」

「啊……看起來好複雜啊！」胡培培犯難道。

「放心吧！我和莎利葉會指導妳的。」

「哦……」

「還有，學校的課程也不要落下，我和班長會督促妳的。」

「呃……你們想累死我啊？」

「妳不會死的，因為妳是不死之身。」龍耀坐回了車上，又道：「回家去吧！」

「等一下！」葉晴雲看了眼候機廳：「龍耀，你爸爸正在等飛機，你不去見他一面嗎？」

「他才放假一天，就急著回去嗎？」

「是啊，下午接到電話，讓他馬上回去。」

龍耀眺望了一眼候機廳，語氣中帶著幾分惋惜，道：「我也很忙啊，下次再見吧。」

龍耀帶著眾人回到家時，已經是下半夜三點了。家裡又多出兩個人，不過沒有什麼關係，十御可以睡艾憐的床，而百地壘更習慣睡房頂。

安頓眾人都睡下後，龍耀坐到了書房中，開始梳理近期的事。莎利葉又坐到了對面的老位子上，吃著龍耀剛買的棒棒糖、蛋塔、鳳梨酥。

這時，龍耀的手機突然響了起來，竟然是傑克遜打來的電話。

「喂！龍耀，你還沒死嗎？」傑克遜又在賣弄他的黑色幽默了。

「廢話！有什麼事快講。」龍耀沒好氣的答道。

「你聯繫到Toomi了嗎？我想要她的簽名照。」

龍耀翻了翻白眼，道：「你沒別的事，我可要掛了。」

「哎！慢著、慢著，我還有重要的事要講。」

「快說。」

「靈種降臨的數量越來越多，枯林會的封靈球不夠用了。我知道你有生物高科公司，能不能給我們生產一批？」

「你有錢嗎？」

「啊？」

「啊什麼啊？買東西，難道不要錢嗎？」

「啊！你還真是個奸商啊！」傑克遜苦笑的道：「行！錢沒有問題，反正枯林會有資金。」

「那生產方法呢？」

「我會把封靈球的資料傳給你，按上面說的進行生產即可。」

「好。我也會把銀行帳號傳給你，你先把成本費匯到我戶頭。」

「無奸不商，無商不奸啊！」

「廢話真多。」

不一會兒，龍耀接到了一封Email，裡面附著一份一百多頁資料的檔案，詳細的說明了封靈球的成分和生產方法。

「看來我們得去一趟龍林高科公司了。」龍耀道。

龍林高科建在紅島市郊的鎮上，那裡同時也是林雨婷的老家。起初公司只佔用了一片荒地，而後在龍耀的高瞻遠矚之下，以低價買下鄰近的一座荒山。林雨婷曾極力的反對龍耀的決定，她從小就在那座荒山的山腳下長大，知道這座山沒有一丁點的經濟價值，就連野兔都不願意留在這裡做窩。

但在龍林高科公司裡，龍耀有著51%的股份，並擁有最高的決定權，所以這筆交易還是完成了。當時老鎮長甚至害怕龍耀反悔，答應可以將價錢再降低一些，可龍耀卻道：「如果你們覺得我給的錢多了，那就在鎮上修一條公路吧，從山下一直通到紅島市。」

公路很快就修建了起來，但依然沒有什麼作用。因為那山荒涼得連根毛都沒有，就算有公路也沒有人願意走。

但是，大約在半年前，事情有了轉機。

龍耀在收養被魔法協會綁架的女孩之後，便在山上興建了一所慈善機構，並在鄰近處建了一座很高檔的學院，涵蓋從小學到國中的所有班級。

龍耀對外宣稱自己是一名教育興國者，認為只有大力推廣教育，才能讓國家變得昌盛富強。可實際上，他是在為龍林高科儲備人才，將來還準備增設高中和大學，並配備國際領先的實驗室。但不管龍耀真正的目的是什麼，他的確是為教育事業做出了貢獻。

龍耀還為此事杜撰了一個故事，講述龍林高科的總經理林雨婷，是如何如何從山窩子裡飛出來，以天才少女的身分去美國留學，然後發誓要在家鄉建一所好學校。雖然那篇故事除了人名之外，基本上沒有一句話是真實的，但經過龍耀的文筆潤色之後，引得無數讀者潸然淚下。

另外說一句，林雨婷當時正忙於實驗室的工作，在兩個月後才讀到自己的「傳記」。但除了臭罵龍耀一頓外，她也沒有別的事情可做了。

在經過各種媒體的大肆渲染之後，龍林學院在紅島市變得家喻戶曉，第一年招生就使課堂爆滿，還有很多慈善人士願意捐款，想為學院的擴建盡一份力量。

荒山下的那條公路終於派上了用場，而荒山也緊跟著學校繁榮起來。龍耀又將荒山分成許多區，將一些區當作商業區租賃出去。然後就像發生連鎖反應一般，整個鎮的經濟都被帶動了起來。老鎮長感動的涕淚縱橫，幾次想要當面感謝龍耀，但龍耀根本就不去公司，每次都是林雨婷代為接待。

龍耀的辦公室設在辦公樓的頂層，並在外間配備了兩名高級秘書。但這兩名秘書也從未見過龍耀，她們每天的工作就是處理文件，然後交由林雨婷帶給龍耀審閱。林雨婷的總經理辦公室也在同一層，配備了更多的高級文秘和行政助理。

辦公室的女人們在每天的休閒時刻，最喜歡談論的事就是總裁的身分。但今天她們終於見到龍耀了，只可惜沒有人覺得他是總裁。

在她們眼中的場景是這樣的——一個面色冷峻的高中男生，氣度非凡的踏入了頂層，後面帶著兩個歐裔小女孩，一個專注的咬著棒棒糖，一個趾高氣揚的望著天花板。

因為艾憐被意外綁走的事情，讓龍耀感覺身邊越來越危險，所以決定將維琪帶在身邊。而十御要開歌迷見面會，所以自己單獨行動去了。

「林雨婷在哪？」龍耀臉上的表情十分的淡定，那樣子完全不像是第一次來。

幾名文秘面面相覷，不知應該如何應對。莎利葉抬起邪眼瞪了一下，對方立刻變得渾渾噩噩，道：「在實驗室裡。」

「實驗室？帶我去。」龍耀道。

秘書雙眼發直的站起來，帶著龍耀走向實驗室。

實驗室設在公司大院的後方，一路上要經過層層的關卡。秘書使用自己的員工卡，能走到第三道大門前，再向裡就沒有權限了。

龍耀按下了大門的對講機，道：「助手，我有事要找妳。」

門內的接待員沒有搞明白情況，還以為是什麼人在外面開玩笑。但恰好林雨婷就站在一旁，聽到「助手」這個奇怪的稱呼，立刻就猜到是龍耀過來了。

十幾噸重的大門裂開了一道小口，林雨婷噘著一張小嘴走了出來，道：「你們怎麼來了？」

「視察妳的工作情況。」龍耀道。

「啊？」林雨婷聳了聳肩膀，道：「好吧！反正你是老闆。」

「我媽媽在嗎？」

「她今天有外派的工作。」

「那就好。」龍耀大搖大擺了走了進去。

實驗室是全封閉的結構，完全由鋼筋混凝土打造，就像核戰爭時代的指揮所，裡面充滿了未來科幻感，天花板都是白色的冷光燈，牆壁則是全金屬式的結構。

林雨婷拿起一件實驗服，想讓龍耀將校服換下來，道：「實驗室要求無菌無塵。」

「我身上就無菌無塵。」龍耀周身湧動著靈氣，任何灰塵都無法靠近。

林雨婷噘了噘嘴，道：「那隨便你吧！」

010 生物實驗室

四人穿過地面上的第一層實驗室，乘坐高速電梯來到了地下第五層。這一層是林雨婷的個人實驗室，龍耀讓她做的秘密研究就在這裡。再下面還有保密措施更加嚴格的實驗室，研究一些危險等級非常高的生物技術，那裡則是沈麗最常待的地方。

林雨婷的個人實驗室，完全由她個人設計。這間實驗室明確的分成兩半，一半鋪著粉紅色木地板，內部的裝修就像家庭客廳一般，擺放著休閒轉椅、乳白色的大辦公桌、L形的布藝沙發，旁邊還有一個小型的廚房，裡面的咖啡壺正在冒熱氣。而另一半則鋪著人工大理石，裡面擺著各式閃亮的玻璃器皿，牆上還有很多放著彩光的電子設備，就像電影裡科幻片的那些場景似的。

010 生物實驗室

「布置的不錯啊！」龍耀坐到了辦公桌後，道：「這個房間花了我多少錢啊？」

「哼！反正沒有你的跑車值錢。」林雨婷噘了噘嘴，道：「要喝咖啡嗎？」

「哥哥不喝咖啡。」維琪像是女主人一般，走進了隔壁的小廚房，為龍耀沏了一杯茶。

「哼！就會拍馬屁的小丫頭。」林雨婷嘟噥道。

維琪向林雨婷做了一個鬼臉，軟綿綿的賴在龍耀的大腿上。

莎利葉則不客氣的打開冰箱，想從裡面找到可以果腹的甜點，但找來找去只發現一碟培養皿。培養皿裡有一灘黏稠的液體，表面縈繞著糖漿一般的色彩。莎利葉吐出舌頭舔了上去，但卻被林雨婷揪住衣領，道：「那個是試驗品，不是好吃的啊！」

「哼！冰箱裡一點吃的都沒有，這就是妳的待客之道嗎？」莎利葉不悅的問道。

「哪有妳這種進門就翻冰箱的客人啊？」林雨婷戴上了防菌手套，小心翼翼的取出培養皿。

龍耀看著辦公桌上的電腦，見螢幕上不斷跳動著數字，道：「我要妳研究的東西呢？」

「就是這個啦——」林雨婷指了指培養皿，道：「差點被你那小祖宗吃掉。」

「能成功複製嗎？」

「馬上就知道了。」林雨婷將培養皿放到電子顯微鏡下，辦公桌上的電腦螢幕立刻一閃，呈現出了那灘液體的真相。

龍耀盯著螢幕看了一會兒，雖然沒有完全看明白，但大體知道是一種高分子聚合物。

林雨婷觀察了一會兒後，用顯微鑷子夾取了一段，放進一根裝著清水的試管中。

林雨婷逐漸進入了學者狀態，完全把一旁的龍耀給忘記了。她打開了牆上的一盞燈，將試管架在了燈口前。燈口裡放射出七色光，光線均勻的照在試管上，使水的色彩分成七層。

林雨婷打開櫃子裡的抽屜，從裡面取出一片單片眼鏡。橙綠色的電子眼鏡戴上之後，先掃描了一下林雨婷的瞳孔，然後鏡片上滾動出大量的數據。待眼鏡初始化完畢之後，林雨婷才用眼鏡看向試管。電子眼鏡將測得的數據，一份顯示在鏡片上，一份傳輸到辦公桌的電腦上。

龍耀驚訝的看著這些數據，忍不住問道：「妳戴的那是什麼眼鏡啊？好像《七龍珠》裡的戰鬥力測試儀。」

「啊！這是電子掃描成像鏡。」林雨婷這才記起龍耀的存在，道：「透過無線技術傳輸信息，將眼鏡掃描的信息傳給電腦，由電腦計算處理之後再傳回來。」

「科技已經發展到這種地步了嗎？」

「你最近沒關注新科技嗎？」林雨婷繼續觀察著試管，道：「Google 公司的拓展現實眼鏡，已經要將這種實驗室中的技術投放到市場上了。」

「真是神奇啊！」

「與你家裡那隻會看電視的兔子相比，一副電子眼鏡有什麼可值得奇怪的。」

「啊！我倒是覺得兔子看電視比較正常。」

「你是見怪不怪了！」

林雨婷將試管取下，慢慢的轉過身來，道：「看裡面的這條絲線。」

龍耀凝神望了過去，見到了驚人的一幕。經過七色光照射的試管，已經恢復透明狀態，但裡面的高分子絲線，卻呈現出彩虹一般的光段。

電子掃描眼鏡上不斷的跳動著紅色的參數，一排排的數據明確的表示，這條絲線裡蘊含著光能。林雨婷的俏臉上洋溢著學者特有的驕傲，以及對嶄新知識的渴求，道：「很明顯！絲線吸收了光的能量。越靠近紅色的光，越是具有物理能；越靠近紫色的光，越是具有化學能。這條絲線上的七種光都很全，說明可以吸收各種各樣的能量。」

「真是不錯的材料啊！」龍耀感嘆道。

「是啊！如果能做成太陽能電池，那能源危機就迎刃而解了。」林雨婷激動的道。

「妳想得太天真了！」龍耀冷冷的道。

「咦？怎麼啦？」

「現在，人類的主要能源是石油、煤炭等化石能源，這些能源掌握在有國家背景的大企業之手。如果妳發掘出這種一本萬利的新能源的話，必然會摧毀現在世界上的經濟和政治格局。」

「你是說那些石油企業會報復我們？」

「不僅僅是報復我們，說不定會引起世界大戰。」

「啊？可我是為了全人類的利益著想啊！只要有了這種新型的能源，那世界上就沒有貧窮了。」

「妳的想法是美好的，但現實是殘酷的。」龍耀聳了聳肩膀，道：「而且這東西的造價很高吧？推廣起來也非常的困難。」

「這倒也是，這絲線要比等重的黃金貴上百倍了。」林雨婷扭頭看向龍耀，道：「你真的要用它做衣服嗎？」

「嗯！」

「那要什麼式樣的？」

「還沒有想好。等大學時穿吧。」

「哦，那還有一年的時間，我可以慢慢的培養。」

龍耀掏出了智慧型手機，連線到電腦上，道：「妳看一下這個。」

林雨婷敲了敲眼鏡腿，鏡片上滾出一段文字，「《封靈球製造工藝說明書》，這是什麼東西？」

「我剛接的一筆單子，對方出的價錢不錯。」

「有正式的委託書嗎？」

「沒有。」

「那不成黑市交易了嗎？被稅務局發現了怎麼辦？」

「他們不會發現的，這不是他們能管的東西。」

「呃……你到底在搞些什麼東西啊？怎麼好像美漫裡的超級英雄似的？」

「妳可以這麼認為。」

「哼！又在吹牛了。」

「呵呵！妳遲早會知道的，但我希望那一天盡可能的晚一些。」

「為什麼？」

「因為當妳知道這些秘密後，人生就會多出很多煩惱。」

龍耀在口袋裡掏了兩下，摸出了那顆青色的靈種。既然這顆靈種不會與他排斥，那估計也不會具有寄生性，就將它放到了試驗臺上。

「咦？這是什麼？」林雨婷好奇的撿起了靈種，用電子掃描眼鏡看了一下，道：「電腦透過品相判斷是藍寶石，不過具體成分卻無法分析出來。」

「妳怎麼看這玩意？」龍耀問道。

林雨婷仔細的看了一陣，尤其專注於靈種上的臉，那是一張十分誇張的哭臉，「這臉的雕工好精緻啊！感覺就像是長出來的一般，不知道是什麼民族的風格。」

「咦？妳說什麼風格？」

「雕刻的風格啊！你看這臉就像古代圖騰似的，應該是某個古部族的文化吧！」

龍耀和莎利葉對望了一眼，兩人都沒有考慮到這一點。這些靈種上都帶著一張臉，臉上帶有十分誇張的表情，的確像是出自古代部族的風格。

「妳能找到是什麼部族嗎？」龍耀問道。

「我的電腦是科研用的，這個需要考古學的資料。」林雨婷愛不釋手的把玩著靈種，道：「但如果你肯把它送給我的話，我可以託朋友幫你查一下。」

龍耀琢磨了一會兒，道：「可以。」

維琪噘著小嘴，有些吃醋的道：「哥哥，我也想要，為什麼不送給我？」

「去！去！去！別鬧。」龍耀拍著維琪的屁股道。

林雨婷得意的瞥了維琪一眼，將靈種緊緊的攥在手心中，道：「對了！你是從哪搞來的？」

「從地獄。」

「哼！又在吹牛。」

「那從地攤上。」

「嗯！這還比較可信。」

龍耀無奈的搖了搖頭，心想：「女人果然就愛聽謊話。」

龍耀坐在實驗室裡，與林雨婷聊了一會兒，喝完了一杯清茶後，驅車想回學校銷假。跑車從公司出發，沿著公路直奔市區，在經過一個「丁」字路口時，維琪的背包起了一陣抖動，是《最終遺言》正在起感應。

「另外半本《最終遺言》就在那邊。」維琪指著岔路道。

「加里·科林，他來這裡幹什麼？」龍耀急忙掉轉車頭，進入了山間的道路。

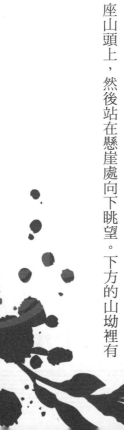

隨著跑車逐漸的深入山區，公路上的瀝青慢慢消失了，剩下的只有山道上的沙石。幸虧林雨婷選了一輛適應性強的車，如果換作一般的跑車早就無法前進了。

根據維琪的感應，龍耀將跑車停在一座山頭上，然後站在懸崖處向下眺望。下方的山坳裡有一座小廟，廟門前停著加里．科林的豪車。

「加里．科林來這裡做什麼？」莎利葉問道。

「昨晚我們遇到的那個老和尚，他應該是外地過來的佛門中人。」龍耀將雙手抄在胸前，道：「這可能是他在本地的落腳點。」

「難道老和尚和加里．科林是一夥的？」維琪道。

「現在談這些還為時過早，不如進去看一下。」

「潛入？」

「不！去進香。」

龍耀帶著莎利葉和維琪，淡然的從山頭走下來，隨手掏出了一把大鈔，投進了山門內的募捐箱。小和尚連呼「善主」，將龍耀等人迎進殿中。

龍耀給佛祖上了幾炷香，裝出漫不經意的樣子，詢問道：「廟裡有高僧嗎？」

「小廟哪來的高僧啊？」敲木魚的中年和尚搖了搖頭，又道：「但最近倒有一位前來掛單的大師。」

「哦！請問是什麼名號？」

「來自九華山的金覺大師。」

「九華山，供奉地藏王菩薩的佛門名山？」

「對！對！」

「哦，我知道了。另外，能否請師父先迴避一下，我想在佛祖前靜思一番。」

「好。那施主請便。」中年和尚退了出去，將大殿的門也關上了。

龍耀靜心感應到四周的氣息，慢慢的尋找著能量的波動，道：「莎利葉保護好維琪，我一個人過去看看。」

「哥哥，要小心啊！」維琪擔心的道。

「放心吧！」龍耀向著大殿的頂梁一躍，踩著梁木奔跑向後窗，翻身飛掠進後面的禪院。

禪院的後方有幾間禪房，昨晚的武僧都住在裡面。加里．科林和布雷以旅客的身分，坐在金覺大師的茶桌旁。

「大師，昨晚出師不利啊！」加里．科林喝著茶道。

「唉！本已消滅了那魔頭，沒想到他竟勾結陰陽師，用上了起死回生之術。」金覺嘆息道。

「我作為魔法協會的代表，知道大師已經盡了全力，但就怕長老會不能接受，到頭來還是要發動戰爭啊！」

「這……施主，一定要為蒼生著想，盡力遊說長老會啊！」

「這個是當然的了！我與大師是一樣的心情，都希望阻止戰爭的爆發。但龍耀始終是和平的阻礙，他不僅屢次與魔法協會作對，甚至還殺死了我摯愛的老師。」

「阿彌陀佛！科林施主，心懷喪師之痛，卻仍掛念眾生，讓老衲十分佩服。老衲一定會超度了龍耀這個魔頭，彰顯東方玄門的揚善衛道之心。」

「龍耀實在是近百年來，東方玄門最大之惡啊！我願大師早日完成此不世之功德。」加里‧科林陰笑著道。

龍耀一直貼在禪房外的屋簷下，因為使用了收斂靈氣的術法，所以房裡的人絲毫沒有覺察。現在，龍耀終於明白事情的前因後果了，原來這一切都是加里‧科林的陰謀。

加里‧科林假稱自己是和平使者，謊稱可以勸說魔法協會的長老會，讓他們放棄向東方發動戰爭的念頭，條件是東方玄門一定要嚴懲龍耀。而頑固不化的金覺老和尚，被加里・科林的謊言所騙，真的以為殺了龍耀，就可以換來玄門和平，並實現一番驚天功德。

「哼哼——呵呵——哈哈——」龍耀突然大笑了起來。

「什麼人在外面？」金覺老和尚抓起一只茶杯擲出。

龍耀伸手接住茶杯，翻身落到禪房前，輕輕的啜了一口茶，「大師，我想請教一個問題。」

「呃！你這魔頭，有什麼要說的？」

「掛念功德，何功何德？分別佛魔，孰佛孰魔？」

「這……」金覺老和尚一時語塞。

加里・科林見勢不妙，趕緊站起身說道：「大師，別被他的邪言所騙，趁現在拿下他吧！」

「大師，我不急著現在就聽你的答案，只希望你能在佛前多深思一會兒。」

加里・科林向布雷使了一個眼色，後者會意的打開了胸前的懷錶。懷錶中流出一段黑色的咒文，入地後便劃出了一個黑色的圓形陰影。時間竊取魔場就此打開，將龍耀籠罩在陰影中。

因為昨晚的事件太過凶險，所以莎利葉一感應到危機，馬上就忘記了龍耀的囑咐，將維琪丟在了大殿之中，如同炮彈似的撞碎後牆，揮舞著鐮刀衝向禪院。金覺老和尚見是異界邪神，立馬揮金剛杵迎了上去。

加里．科林看到四人戰成一團，又低頭看了一眼手中的半本書，《最終遺言》發出一陣震動，表明另半本書就在這附近。

卡穆斯的靈魂繞著書轉了一圈，道：「哈哈！徒弟啊，不先殺掉龍耀嗎？」

「事情要一件件的來，龍耀雖是我最大敵人，但我現在需要的是力量。」加里．科林衝向大殿。

維琪在莎利葉撞碎牆壁的一瞬間，就知道自己的處境變得危險起來，所以偷偷的躲到如來佛像的後面。

加里．科林來到大佛前，看了一眼大殿的擺設，最終將注意力放在大佛上。

「哼哼！想在我面前躲貓貓嗎？」加里．科林打了一個響指，向著大佛射出了一道火焰。

高熱度的烈火燒灼著巨大的佛像，使佛頭化成一灘滾熱的銅汁，銅汁如同蠟油一般的滴落。

維琪慌張的向後方躲閃，但手臂還是被燙傷了，雪白的皮膚上出現了一塊疤痕。

「呵呵！維琪，不要再躲了，趕緊出來吧！隨我回魔法協會。」加里．科林邊走邊笑道。

「不！我絕不要再被關進罐子裡。」維琪忍痛舉起了《最終遺言》，《最終遺言》封面上的骷髏頭，突然張嘴吐出一道光芒。

加里．科林沒有提防到這一點，被光芒擊飛撞到了一根柱子上。

「哈哈！看來這個克隆人小丫頭，比你更適合當魔法師啊！」卡穆斯發出刺耳的嘲笑聲，道：「她竟然在不知道咒語的情況下，就能用心靈震動出魔導書的力量。」

在加里．科林的眼中，克隆人根本不是人類，只是一堆人形的道具，地位還比不上名種狗。但今天，他竟然被一個克隆人打倒了，這份屈辱感讓他幾乎陷入瘋狂。

「可惡的克隆人，竟然敢傷害我！」

加里．科林起身丟出一顆火球，將銅製的佛像炸得粉碎。維琪被從佛像後面炸了出來，身上有多處被火灼傷的痕跡，躺在大殿的角落中昏迷了過去。

「呵呵！看妳還往哪跑！」加里．科林陰笑著伸出了手去。但就在手要抓住維琪頭髮的一瞬間，維琪突然睜開湛藍色的大眼睛，眼神中透射出無比的堅定。

「我不會回去的，我要和哥哥在一起，永生永世不會分開。」維琪猛的抓起一塊灼熱的銅塊，嬌小的手掌立馬冒出了白色的焦煙。

維琪忍受著深入骨髓的灼痛，將銅塊按在了加里·科林的臉上。加里·科林的臉立馬冒起了白煙，痛得他將《最終遺言》丟在了地上。維琪的眼睛猛的瞪圓了，掙扎著衝向那半本書，但就在她的手要抓住的一瞬間，那半本書竟然飛了起來。

卡穆斯的鬼魂抓起了那半本書，將它交還到了加里·科林的手中，「哈哈！徒弟啊，你什麼時候才能獨當一面啊？為師死了都還得幫你擦屁股。」

加里·科林狠狠的奪過書來，伸手從書中抽取出一絲魔力，將魔力慢慢的鋪散在臉上。被銅塊燙傷的半張臉，很快就在魔力中復原了。

「該死的小臭婊子，竟然敢這麼對我。」加里·科林用魔法抓起一塊熱銅塊，死死的按在了維琪的臉上。

「啊！」維琪慘叫著向後猛退，後背將長生燈撞翻在地，裡面的香油潑灑了出來，引得大殿變成了火海。維琪身上也沾上了香油，身體被火焰包圍了起來。

加里·科林欣賞著維琪的痛苦，臉上浮現出了扭曲的笑容。

「哈哈！徒弟啊，你可真會欣賞藝術啊！少女的痛苦簡直就如美酒一般讓人沉醉。」卡穆斯跟加里·科林一樣的變態，但他因為沒有被那半本《最終遺言》腐蝕，所以還保留著幾分理智，道：「但如果你燒死她的話，那魔法協會可是不會饒你的。」

「我當然不會讓她死！」加里·科林給維琪施加了一個治療術，維琪的生命被暫時維持住了，但身上的火焰仍不斷的產生痛苦。

加里·科林故意給維琪治療，但卻不撲滅她身上的火焰，為的就是讓她的身體受盡痛苦。

「呵呵！維琪，這就是背叛我的下場。」加里·科林扭曲的笑著，道：「只要妳肯答應跟我走，永遠不再見龍耀了，我就撲滅妳身上的火。」

維琪的一隻眼睛已經被燒瞎了，但另一隻眼睛裡的光卻更加明亮，道：「你這隻可憐蟲，永遠也不知道，什麼才是真正的痛苦。」

「什麼！妳說什麼？」

「呵呵！你身為一個自然人，卻還不如我這個克隆人更懂人生。」

加里．科林的臉越發的扭曲，眼睜睜的看著火越燒越大，最終，大殿的頂梁坍塌了下來。加里．科林飛身退到了殿外，愣愣的回憶維琪剛才的話。

「哈哈！徒弟啊，不要再發呆了，那小丫頭要被燒焦了。」卡穆斯提醒道。

010

鬥戰聖佛

眼前的大火已經蔓延開來，只有靠魔法召喚物去救人了。加里・科林高舉起一隻手，做出對天發誓的樣子，然後對著《最終遺言》唸了一段咒語。

一道黑色的魔氣散逸了出來，將地面上的塵土捲到一起，結合成黑色的戰馬和鎧甲，但全套的鎧甲中卻少了頭盔。鎧甲中縈繞著大量的魔氣，有一個蒼涼的聲音在呼喊：「無頭騎士杜爾拉汗，響應召喚而來，願為吾主，奮戰到底。」

加里・科林冷冷的一點頭，指著那間坍塌的大殿，道：「去把那該死的小婊子撈出來。」

「是！」無頭騎士策馬向前，準備將維琪拽出來。

可就在這個時候，讓人意想不到的事情發生了。維琪忽然推開身上的石塊，從火海中伸出了白嫩的小手，高舉向天空做出發誓的樣子。

「哈哈！難道她聽到了你的咒語，也要用《最終遺言》召喚嗎？」卡穆斯驚訝的道。

「不可能的！她只是一個克隆人。」加里．科林道。

維琪忍受著痛苦，緩緩唸起咒語：「懷揣未竟理想的英雄，我傾聽到了你的遺言。我願繼承你的意志，為你打開異界的大門。請你跨越時空的長河，來與我並肩戰鬥吧！召喚，開始……」

轟然一聲震天的爆響，烈焰四處飛散起來，如同火雨降臨一般。巨大的魔氣沖天而起，形成了一根火焰巨柱。地面龜裂成了蜘蛛網狀，碎石逆著地心引力的方向，向著天空飛射了上去。

無頭騎士的手伸到了一半，忽然被一股巨力震飛了出去。無頭騎士的鎧甲裂成碎塊，像是碎玻璃似的撒了一地，但旋即又在魔法力量的作用下，旋轉著重組成了最初的樣子。但他還沒來得及站穩，火焰中突然伸出一根巨棍，一棍將鎧甲再次打成碎塊。

加里．科林不由自主的向後退步，雙眼凝視著從火中走出的怪物。那怪物全身燃燒著烈火，雙眼中冒射著驚人的光，頭上戴著鳳翅紫金冠，身上披著鎖子黃金甲，腳下踏著藕絲步雲履，手中握著一根金色長棍。

等到召喚靈走出火海之後，他的外貌才完全顯露出來，竟然是一隻雷公臉的猴子。那張臉長得如同刀削的鐵礦石，側面的線條硬得能將人眼劃傷。而且這猴子長得異常魁梧，肩頭的肌肉如同鐵疙瘩一般。鎖子甲幾乎無法兜住胸大肌，肌肉隨呼吸如巨浪似的起伏。

雖然他走路的時候一直彎著腰，但身高仍在二米左右。從凹陷在地面磚中的腳印來看，體重估計不會少於五百公斤，每一步都讓地面跟隨著狂震不已，就像是打樁機在不斷的轟擊一般。

「哈哈！這是什麼東西啊？」卡穆斯的亡魂大笑了起來，道：「果然克隆人召喚的東西，就是要比人類劣質啊！」

可加里．科林卻不這樣認為，因為他對東方文化很瞭解，已經大體猜到這個召喚靈是誰了。

「Holy shit！為什麼會這樣啊？」加里．科林大叫了一聲。

那猴子一隻手抓著燒傷的維琪，就像提溜著一隻小貓似的，另一隻手猛的揮出了棍子。那棍子好似擁有生命一般，突然伸長砸在了加里．科林的身前，震得碎磚亂瓦四下裡飛濺。

加里．科林被震飛了起來，雖然只被棍風掃到了一點，但肋骨卻發出了清脆的裂響，可見這猴子的臂力到底有多大。

猴子深吸了一口氣，鼻子裡噴出兩道火苗，道：「鬥戰聖佛孫悟空，響應召喚而來，願為主公，奮戰到底。」

卡穆斯的笑容僵在了臉上，有些驚恐的看著這隻巨猴，「哈哈！哈哈！哈哈！他、他、他剛才說自己是『佛』？」

「他就是佛。」加里·科林按著胸口，退避到了安全處，道：「區區一個克隆人，竟然召喚到了佛，這怎麼可能啊？」

無頭騎士彷彿感受到主人的憤怒，舉起雙手大劍策馬衝向猴子，「噹」的一劍砍在猴子頭上。孫悟空微微的抬頭看了一下劍，又低頭看了一眼無頭騎士，猛的舉起水桶一般的巨拳，一拳將對手連人帶馬打進了地裡。接著拳頭上爆出了一股佛力，將下方的地面壓出一個凹坑，無頭騎士深深的陷在了坑底。

猴子可能覺得這人太弱了，根本不配做自己的對手，便抓起來隨手丟了出去。無頭騎士旋轉著飛出去，劃出一道一千多米的拋物線，砸進寺廟前面的一片山壁上，將整片山壁撞得如同蜘蛛網似的。

此時，後院的戰鬥也在不斷的升級，布雷利用時間竊取魔場的特性，剛取得了一點小小的優勢，便見龍耀唸起了奇怪的咒語。

「我，非魔非怪，藐視三界，不行五行。為救蒼生，寧入無間。行雖有瑕，意卻無咎……」

四周的空氣突然湧動了起來，圍繞著龍耀形成一股旋風，大量的靈氣隨風聚集了起來，扶搖上升形成一片片的雲朵。雲朵在翻轉了幾下之後，開始降下亮金色的雨線。

布雷的時間竊取魔場，與金色的雨線一接觸，便消融在一片金光中。

「這、這、這是怎麼回事？」布雷一瞬間愣在當場，連防禦魔法也忘了使用。

龍耀瞅準了這難得的空隙，猛的將雙手向袖子裡一探，旋轉著射出了十條龍涎絲。

「袖裡藏龍！」

十條龍涎絲勾勒出龍形，咆哮著衝向了發呆的布雷。巨龍撞擊在布雷的胸口上，頂著他向前方猛衝，接連撞穿了幾道厚實的牆壁。

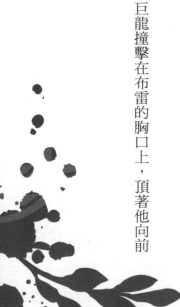

轟然一聲爆響，全身是傷痕的布雷翻滾著來到前院，怒道：「加里．科林，你怎麼不來幫我！」

「幫你？」加里．科林的嘴角抽搐了兩下，道：「那誰來幫我啊？」

布雷感覺到身下的地面傳來震顫，驚愕的扭頭看到一隻體型巨大的猴子，趕緊對著一段石柱釋放魔法，並狠狠的砸向猴子的胸口。但猴子竟然一把抓住了那根柱子，然後猛的敲在自己的腦袋上，就像用腦袋撞碎啤酒瓶似的。石柱在轟響中化成碎渣，而猴子的腦袋卻只冒了幾個火星。

「我的天啊！這是什麼怪物？簡直跟《金剛》裡的那隻巨猩似的。」

「完全不是一個級別的，你太小看中國的猴子了。」加里．科林搖了搖頭，躲避著巨猴的攻擊，詢問道：「你有時間竊取魔場，難道收拾不了龍耀？」

「本來是可以的，但龍耀也有靈場了。」

「什麼！才過了一夜而已，他就領悟了靈場？」

帶著靈氣的風吹進了前院，揚天的塵埃慢慢的降落下來。龍耀邁步走進前院，同時唸出後半段咒語：「不求功德，但求無愧。歷經千劫，不泯初心。此生所願：替天行道，渡罪斬業，捨生取義。」

金色的雨線越來越長，最終變成了滂沱大雨。加里．科林和布雷被雨淋到後，立刻有一種魔力被抽空的感覺。而最不好過的還是半空中的卡穆斯，他本身就是一隻沒有實體的靈魂，能量被抽空就代表著要灰飛煙滅了。

「沒想到昨晚不僅沒有殺掉龍耀，反而讓他的力量更加強大了。」加里．科林咬牙切齒道。

「加里．科林，你把艾憐綁架到哪裡去了？」龍耀問道。

「嘿嘿！我可沒有綁架她。我只是讓手下告訴她真相，然後她就自願跟我們走了。」

「你在打什麼鬼主意？艾憐只是一個普通人，你想從她身上得到什麼？」

「呵呵！告訴你也無所謂。維琪對我是很重要的，但她卻被你搶走了，所以我只能再製造一個。」

「你要將艾憐改造成母樹？」

「哈哈！正是如此。」加里．科林扭曲的大笑起來，道：「不過，如果你肯把維琪交給我，我也就不需要浪費氣力了。」

龍耀扭頭看向了昏迷中的維琪，大猴子警惕的瞪了龍耀一眼。大猴子還不能分辨出誰敵誰友，所以對所有人都保持著戒心。

「選擇吧！要選看著她長大的自然人妹妹，還是要選一個出生低賤的克隆人。」加里·科林扭曲的笑著，他喜歡看到別人陷入痛苦。

眼前的這個選擇沒有對錯之分，是哲學上標準的兩難問題，根本就沒有絕對正確的解答方式。龍耀輕輕的咬住了下嘴唇，低頭準備要做出沉思的姿勢，但卻突然抽出了伏羲九針，猛的射向了加里·科林，道：「這就是我的選擇！」

加里·科林正想享受龍耀的痛苦，突然看到九道雪亮的光芒一閃而過。《最終遺言》散出了黑暗的魔氣，無頭騎士又被召喚到了身前，用鎧甲擋下了伏羲九針的攻擊。

但這一下子，大猴子似乎看清了立場，向著無頭騎士一棍搶去。金箍棒在半空中變長變粗，變得如同一根水泥電線杆一般，將無頭騎士和腳下的大地一同砸碎。

但當猴子想要攻擊加里·科林的時候，金覺老和尚忽然從後院躍了出來，不由分說便射出了斬妖除魔的光劍，「大膽妖孽，竟敢在佛門聖地撒野，還不速速束手就擒！」

猴子收回金箍棒橫掃向了老和尚，沿途將層層的建築盡數推倒。老和尚雙手揮起了一根禪杖，用盡全身的力氣格擋了下來。同時，金覺的五臟六腑一陣翻騰，口鼻之中溢出了大量的鮮血。幾名武僧也追了上來，聯手向猴子發起進攻，但卻被一拳揍飛了起去。

這場景就像一群幼兒院的小孩子在圍打一名魁梧的摔跤手似的，摔跤手感覺不痛不癢的，只有被惹得心煩意亂時，才隨手向小孩子推搡一把。但就是這很隨意的一把，對小孩子來說卻是致命的。

這時候，寺廟外響起消防車的聲音，有大量的普通人湧了進來。

加里．科林瞅了龍耀一眼，道：「龍耀，你竟然選擇了一個克隆人。」

「不！我選擇的是眼前的人。」龍耀回瞪著加里．科林，道：「在我的眼中，維琪和艾憐沒有分別，她們都是我最親的妹妹。我不會用一個人去交換另一個人，我要做的就是盡力保護眼前的人。」

「呵呵！龍耀，可你的選擇會讓艾憐受苦的，你這樣能對得起她的父母嗎？」加里．科林陰森的笑了起來。

龍耀的臉色突然一沉，變得比加里．科林還陰森恐怖，道：「加里．科林，不要逼我。」

「嗯？你想幹嘛？」加里．科林的心頭突然一緊。

「不要對艾憐下手，否則你會後悔的。」龍耀警告道。

消防隊員已經衝進了院子，舉著喇叭高聲喊叫道：「裡面的人，快撤出來。」

加里．科林憤恨的一咬牙，腳下旋轉起一團黑霧，與布雷一起消失在陰影中。

大猴子抓著維琪靠近，將她交到了龍耀的懷裡，然後身體化成了一堆火，旋轉著鑽進了《最終遺言》中。

龍耀的靈場中仍然飄落著雨，金色的雨滴落在維琪身上，被火焰灼傷的疤痕轉瞬消失了。

維琪逐漸轉醒，眼開眼發現自己正被龍耀抱著，問道：「哥哥，是你救了我嗎？」

「不，是妳自己救了自己。」龍耀道。

「怎麼回事？」

「先離開這裡再說。」

龍耀三人避開消防隊員的視線，穿過一條山間小路返回了車上。跑車很快便駛出了山區，進入紅島市的城市地界。

「哥哥，剛才發生了什麼事？」維琪問道。

「妳最後記得的事是什麼？」龍耀問題。

「我仿照加里．科林的做法，用《最終遺言》做出了召喚，但接下去就失去知覺了。」

「看一看那半本書，有沒有什麼改變？」

維琪輕輕的撫摸著《最終遺言》，書頁自動「嘩啦啦」的翻開了，所有的書頁都沒有變化。但突然維琪發現了有什麼不對，道：「好像多了一頁。」

龍耀扭頭看向多出來的那頁，見那一頁竟然是用中文書寫的。書頁開頭處畫有一張圖，是一隻滿身烈焰的猴子。下面則標著奇怪的數據——

真名：孫悟空

職階：齊天大聖，鬥戰勝佛

所屬：東方道門，東方佛門

010 鬥戰聖佛

基本屬性——

神性：頂級

統率：上級

武力：頂級

術法：上級

智力：中級

魅力：下級

物防：頂級

魔防：下級

特有技能——

銅頭鐵臂：免疫神器以下的武器傷害。

火眼金睛：免疫幻術類魔法，看穿速度型攻擊。

七十二變：召喚不完全，無法使用。

特有武具——
定海神針：神器級別，對除人類之外的物種都有傷害加成。
筋斗雲：召喚不完全，無法使用。
「我召喚到了齊天大聖？」維琪驚訝的道。
「對！妳當時被惡人攻擊又身處寺廟之中，藉助天時地利，所以召喚到了他。」龍耀分析。
「真沒想到啊！」
莎利葉坐在後座上，小嘴舔著棒棒糖，問道：「齊天大聖跟我一樣，都是神魔級的召喚靈嗎？」
龍耀輕輕的搖了搖頭，道：「我覺得跟妳還是不一樣。」
維琪看了看書本上的畫，道：「對啊！為什麼莎利葉可以一直留在人間，而我的召喚靈卻回到了書中？」
「如果我推斷的沒有錯的話，《最終遺言》並不是完全召喚，而是截取一個歷史上的分身，然後將它投影到人間界中。」

「為什麼這樣說啊？」

「因為剛才的孫悟空，並不是最終形態的。從他的外形上看，應該是大鬧天宮時的形態，而不是得道成佛時的形態。」

「但書上標明是『鬥戰勝佛』……」

「嗯，這說明他的身分沒有變化，只是形象截取的時間不同，他依然保有全部的記憶。」龍耀皺著眉頭想了一會兒，道：「如果我沒有猜錯的話，之所以妳召喚到大鬧天宮時的孫悟空，是因為妳當時正受到火燒之苦，這痛苦與孫悟空被關在煉丹爐時是相同的。」

「哦……哥哥說得有道理。因為我們有共同的痛苦，所以他聽到我的召喚吧？」

「不光只是痛苦，還因為你們有一樣的堅強意志和一樣的求生欲望吧！」

「嗯！我不想死，不想離開哥哥。」維琪重重的點了點頭，道：「哥哥把剛才的事跟我重述一遍吧！」

龍耀將事情簡述了一遍，維琪聽後熱淚奪眶而出。

「哥哥，也許我有些自私了，也許這對不起艾憐。但聽到你不願意用我交換艾憐，我真的非常開心。」

「換作是妳被綁架了，我同樣也不會用艾憐作交換。」

「這樣最好！因為這說明哥哥沒有把我們區別對待。」

「克隆人也是人，不管出生如何，人性是一樣的。」

「哥哥不愧是哥哥，越來越喜歡哥哥了。」維琪撲到龍耀的懷抱裡，抱著龍耀便親吻起來。

「別鬧、別鬧！唔……」龍耀竭力維持著車的平衡，一個急剎停在了道路旁邊。

「嗯！嗯！嗯！」維琪用力的親吻著龍耀，甚至將丁香小舌吐了進去，在龍耀嘴巴裡放肆的攪動著。

就在這時候，車旁突然傳來咳嗽聲，有人急促的敲起了車窗玻璃。龍耀趕緊將維琪推開，扭頭看向了車窗外面，見是葉晴雲和胡培培。

「龍耀，你這個混蛋，終於忍不住了嗎？」葉晴雲雙手扼住了龍耀的脖子，道：「你不是說只當她是妹妹嗎？有你這樣對待妹妹的嗎？」

「呃！這是誤會，誤會！」龍耀急忙解釋道。

「誤會？」葉晴雲看向了維琪。

維琪雙手捧著發燙的俏臉，道：「哥哥好討厭，吻得那麼深，人家的內褲都濕掉了。」

「哪裡有誤會啊？」葉晴雲更重的扼緊了雙手。

胡培培已經見慣這種吃醋的事，很淡定的買了兩根冰淇淋，和莎利葉一人一根吃了起來，道：「龍耀，禿頭班導師要見你。」

龍耀將葉晴雲的手拉鬆了一點，道：「他又發火了？」

「沒有。」

「沒有？」

「對啊！不僅沒有發火，反而一直在傻笑，他是不是被你氣瘋了？」

「呃！那我得去看看了，順便再請一個假。」

「你還真想氣瘋他啊？」

現在是放學的時間，學生都在向校外湧。而龍耀卻逆著洶湧的人流，向著辦公樓擠了過去。

班導師獨自坐在辦公室裡，正哼著京戲批改作業，龍耀輕輕的敲了敲門玻璃。

「啊！龍耀，你還知道來上學啊？」班導師大吼了一聲，但表情卻不是很凶。

「呵呵！被一點閒事耽誤了。」龍耀笑道。

「過來、過來！你看看這個。」

龍耀狐疑的接過一份文件，見竟是綠島大學的公文，說有意接收龍耀為保送生，希望紅島四中給予合作。

「那個校長老頭在搞什麼啊？昨天還說不想讓我去，今天就突然要保送了。」龍耀嘟噥著。

「不管怎麼樣，反正這是好事，你願意接受嗎？」班導師眉飛色舞的道。

「不接受。」

「咦？為什麼？」這可大出班導師的預料。

「我既然可以輕鬆考上，為什麼要接受保送啊？被保送了，反而顯不出我的實力。雖然我並不在乎考試分數，但分數卻能堵上許多人的嘴。」龍耀將公文扔在桌子上，道：「我會以全科滿分的成績考入綠島大學的。」

「呃……龍耀，我知道你很有自信，但自信過頭就是自負了。」班導師小心的收起了那份公文，道：「有了這東西，你缺再多的課，都沒有問題啊！」

「哦——」龍耀聽到這句話，便輕輕的點了點頭，道：「好吧！那先把公文放在老師那裡吧！到時候，用不用，再另說。」

「好、好！那我替你先存起來，至少要留好了後路。」

「對了，老師，我想再請幾天假。」

「啊？這次又要幹嘛？」

「去歐洲繼續拯救世界。」

「咦？」班導師雙手按住了額頭，似乎脾氣又要爆發了。

「老師，您不是剛才說了嗎？有了那份保送公文，就可以隨便缺課了。」

「呃——看我這張破嘴，幹嘛要說多餘的話啊？」

「好了！那就這麼說定了，我會給你帶土產的。」龍耀不管班導師的答覆，風也似的逃出了辦公室。

012 以牙還牙

回到家裡後，龍耀給冰霜劍皇打了一通電話，但接電話的人卻是白冰公主。

「我是龍耀。」龍耀自我介紹道。

「龍耀，我要殺了你！」這就是公主殿下的問候。

「哼！小孩子一邊去，讓妳媽接電話。」龍耀不屑的說道。

「你、你、你什麼意思啊？以為我殺不掉你嗎？我可是經歷了很多修行，我已經……」

「別廢話了！等妳胸部發育後，再來找我挑戰吧！」

「咦？」電話那邊的聲音停了，白冰好像在俯視胸部，然後以更大的聲音吼道：「龍耀！我要殺了你！」

這聲音可能驚動了四周的人，龍耀聽到很多女僕的叫聲，最後才由葉卡琳娜接起電話。

「龍耀，不要隨便打電話給我，會被魔法協會發現的。」葉卡琳娜道。

「我當然是有急事才會打給妳。我讓妳策畫玄門戰爭，為什麼還沒有消息？」

「戰爭很容易爆發，但卻不容易控制。我必須有掌控戰爭的把握後，才能將戰爭的導火線點燃，否則會使整個世界陷入災難。」

「妳在那邊不急不忙的策畫時，加里．科林已經快速執行了。」

「出什麼事？」

「他已經與靈樹會結成同盟，而且還策動佛門來追殺我。最關鍵的是，他抓走了我的妹妹，想把她改造成『母樹』。」

「加里．科林瘋了嗎？竟然對普通人出手。」

「我覺得他的確是瘋了，身上的邪氣也越來越重。」

「你有什麼打算？」

龍耀沉默了一會兒，道：「妳有科林家的資料嗎？」

「有！」

「把他的親屬名單交給我一份。」

「咦？你想幹什麼？」

「以眼還眼，以牙還牙。」

「啊！不可以的。這樣以暴制暴下去，只會讓事態更加惡化。」

「哼哼！妳還不瞭解加里．科林，如果要想讓他屈服，只能攥有更大的籌碼。只要我握有他家人的安危，他便不敢對艾憐下手了。」

「不行！我不能答應你。」

「隨便妳吧！十分鐘後，我會到達德國，如果拿不到資料，那就只能對科林財團動手了。」

「龍耀，你等一下……」

龍耀隨手掛掉手機，大口的吃著蛋糕。葉晴雲和胡培培站在一旁，嘴巴大張著看向龍耀。

「龍耀，你真要去德國？」葉晴雲問道。

「對！」

「怎麼去？」

「坐飛機是來不及的，只能透過神隱之眼了。如果可以選擇的話，我可真不想進那眼。每通過一次神隱之眼，都讓我三天吃不下飯，所以我得先墊一墊肚子。」

「我跟你一起去。」葉晴雲道。

「不！我不知道要去幾天，妳還要去上學呢！」龍耀道。

「那你要讓誰同行？」

「莎利葉和維琪陪我就行了。」

本來龍耀還希望十御同行，可惜十御不知道又去哪裡了。

「那裡可是魔法協會的地盤啊！才三個人太危險了吧？」葉晴雲提醒道。

「不要緊的。雖然劍皇嘴上阻止我，但她還是會接應我的。」

「但還是太冒險了。」

「我已經決定了！」

龍耀擦了擦嘴巴，道：「莎利葉，可以開始了。」

莎利葉早就已經準備好了，從虛空中抽出了死神鐮刀，劈在客廳中的一面牆壁上。牆壁突然裂開一條大口子，裡面是一片黑暗虛無的空間，無數的眼睛如星星般掛在裡面，一眨一眨的好奇的觀望著外面。

葉晴雲是第一次見到神隱之眼，好奇的想探頭看一下裡面的構造，但卻被胡培培一把拉住。

「千萬不要看裡面，會把胃酸吐出來的。」胡培培說出切身的感受。

「告訴我媽，今晚我不回家吃飯了。」

龍耀率先走進神隱之眼。維琪深吸了一口氣，也大著膽子鑽進去。莎利葉最後一個進入，接著便將口子關掉了。

神隱之眼內是一個沒有時間和空間概念的地帶，對於習慣了古往今來、上下左右的人類來說，所有的感官都會受到極大的衝擊，身體各部分都會產生異常的反應。

雖然龍耀的適應能力很強，但還是受不了這種異常狀態，從神隱之眼裡鑽出來之後，便彎腰扶牆乾嘔了起來。而維琪第二個從裡面走出來，奇怪的是她並沒有不良的反應。

「哥哥，你怎麼了？」維琪扶住龍耀問道。

「妳沒感覺眩暈嗎？」

「沒有啊！我的靈能力是適應環境，所以沒有什麼異常的感覺。」

「唉……本來以為妳的能力沒什麼用，現在看來卻是一項了不起的能力啊！」

莎利葉最後一個走出神隱之眼，看了一眼現在所處的無人小巷，道：「上次我來這裡的時候，這條小巷還屬於東羅馬帝國呢！」

龍耀打開智慧型手機定位，道：「很好！現在我們在柏林市，科林財團就在不遠處。」

龍耀在紅島市的時候已是傍晚，而現在的柏林市卻還是上午。三人整理了一下衣裝，邁步走入豔陽高照的街道。突然，街道左右都奔出一輛汽車，將他們三人堵截在街頭，幾名壯漢從車中鑽出，目光凶悍的望向龍耀。

「什麼人？」龍耀用德語詢問道。

「這話應該由我們來問你。」帶頭的一人道。

龍耀悄悄的打開第六感，掃描了一眼對面眾人的實力，發現是一群初階魔法師。

原來他們都是魔法協會的人，就像是道門在各城市都會設立分部一樣，魔法協會也在西歐各城設有分部。神隱之眼開啟亞空間的魔法波動，被當地分部的魔法師偵測到了，所以才派人過來看一下情況。

「我是龍耀。」龍耀直接回答道。他之所以要這樣直報姓名，目的就是給魔法協會施壓。

「龍耀？」魔法師們面面相覷起來，「龍耀」作為A級危險人物，所有分會都接到過警告。

「閃開！」龍耀道。

「如果你真是龍耀的話，那我們必須逮捕你了。」

「盡可以一試。」

幾名魔法師突然唸動咒語，向著龍耀放射出魔法彈。龍耀輕描淡寫的一伸手，將魔法彈捏在五指之間，然後突然閃身到對手的身後，一掌將魔法彈拍在他們的車子上。車子在魔法彈的轟擊下，化成一團燃燒的烈焰，將魔法師全部炸飛了出去。

龍耀在靈氣的保護之下，絲毫沒有受到爆炸的傷害。他頂著一團火焰走了出來，揪住了一個人的衣領，道：「魔法協會的魔法師就這種水平嗎？」

「龍耀，你竟敢在魔法協會的地盤撒野……」對方有氣無力的說道。

「呵呵！東方玄門的那些老頑固到底在怕什麼啊？」龍耀搖了搖對方的衣領，道：「我問你，知道科林財團嗎？」

「我不會告訴你任何事的。」

「哼！這可由不得你。」龍耀向莎利葉使了一個眼色，示意她過來使用邪眼問話。

就在這時候，天空中突然傳來一陣轟鳴，一架私人商務飛機俯衝而來。在飛機極為貼近地面的剎那，突然從艙門裡跳出兩個人來。那兩人也不使用降落傘，就像兩塊大號的冰雹似的，直線砸落在龍耀的身前。

「白冰，妳來得好快啊！」龍耀的手指如幻影一般的快速蜷動，將一根針灸針插在魔法師的領後，然後將他重重的丟向大街的另一頭，道：「滾——」

魔法師們立作鳥獸散，著急回去向總部報告。

站在前面的歐裔少女只有十多歲，雪白的長髮如同雪花般飄舞著，赤色的瞳孔中閃爍著晶瑩的光。她雖然穿著夏季的短衫和短裙，但袖口和裙襬處卻鑲著雪狼皮，裸露的手臂和大腿散發著涼氣，就像從冰雪中走出來的精靈一般。

少女用一雙紅眼睛瞪著龍耀，道：「你早知道我會來嗎？」

「以劍皇的性格必然不會讓我蠻幹，肯定會派出最忠誠的人來監視我的。」龍耀道。

「哼！」白冰公主冷哼了一聲，瓊鼻裡噴出兩股白氣。

「我此行的目的，相信妳也知道。科林財團在哪裡？希望妳能給我帶路。」龍耀道。

「不可能！我來這裡的目的，就是為了阻止你。科林財團雖是科林家族的財產，但裡面的員工都是普通人。」

「呵呵！妳什麼時候也知道關心普通人？」

「哼！我可成熟了不少。」

龍耀將白冰仔細的打量一番，最終將目光鎖定在胸部：「哪裡成熟啊？還不是一塊平板？」

「啊！我要殺了你！」白冰又要發飆了。

瓦爾基里趕緊抱住白冰，道：「公主殿下，請冷靜啊！」

「葉卡琳娜在做什麼？」龍耀冷冷的問道。

「別管我母皇，現在由我接待你。」

「呵呵！妳只是來拖延時間的吧？」

「咦？」白冰的臉上露出驚訝之情，沒想龍耀連這事都預料到了。

「她是想透過別的渠道平息這場風波吧？」

「是。」白冰承認道。

瓦爾基里看到公主完全不是對手，便道：「龍耀，這裡始終是魔法協會的地盤，如果你在這裡鬧得太過分了，說不定真會引發無法控制的戰爭，你也不想讓無辜的普通人受難吧？」

龍耀輕輕的點了點頭，道：「好！那我就給劍皇一點時間。」

白冰聽到這句話，終於長舒一口氣，以為任務輕鬆完成了。但瓦爾基里卻不這麼認為，作為一名身經百戰的召喚靈，她見過太多復仇者的故事了。那些為親友復仇的英雄們，遠比為自己復仇的人堅定，他們是絕不會輕易放下仇恨的。

雖然龍耀沒有什麼心情，但在維琪的一再要求之下，還是逛了一下選帝侯大街，並在威廉皇帝紀念教堂旁的購物區裡大肆採購。

晚上的時候，白冰將龍耀三人安排進豪華客房，自己和瓦爾基里則睡在隔壁的房間。白冰監視了龍耀一天，一躺在床上就呼呼大睡起來。但睡到午夜十二點的時候，突然聽到有人在叫：

「公主殿下，隔壁好像有情況。」

「嗯？」白冰猛的瞪圓了赤紅色的雙眼，就看到瓦爾基里緊張的神情。

兩人旋即衝進了隔壁的房間，發現龍耀三人早已經離開了。

「糟糕！我就覺得龍耀今天太老實，原來是想蓄力在晚上行動啊！」白冰攥緊了小拳頭，道：「他們會去哪啊？」

前方突然發生了爆炸，耀眼的火光沖天而起，同時也給白冰提供了答案。瓦爾基里站在窗戶後，眺望著前方起火的地方，道：「那裡是魔法協會柏林分部的所在地。」

「啊！該死的龍耀，嫌自己的命長了嗎？」白冰焦急的跳出窗外，踏著樓頂奔向了爆炸處。

龍耀在白天與魔法師起衝突時，偷偷的插了一根帶靈氣的針灸針，等晚上趁白冰和瓦爾基里睡下，便尋著那股靈氣找到了魔法協會分部。

龍耀知道這些魔法師的頑固，因此不由分說便先大戰了一場，等把所有的敵人都打倒之後，再慢慢的尋找有用的情報。

柏林並不是魔法協會的重要據點，所以這裡的魔法師都是中低階的，根本無法與LV5的靈能者，以及墮天使級的召喚靈相抗衡。很快，魔法協會的分部就變成了一片廢墟，魔法師橫七豎八的躺在磚瓦之間。

龍耀揪起了一名首領模樣的人，道：「你知道加里．科林的家族成員嗎？」

「不、不、不知道。」對方膽戰心驚的道。

「哼！敬酒不吃，吃罰酒。」龍耀看向了莎利葉，道：「用邪眼來探測他的靈魂。」

「嗯！」莎利葉拖著鐮刀走了過來。

但這時，白冰和瓦爾基里卻趕了過來，道：「住手！」

「白冰，妳的任務是拖延我，妳已經完成任務了，其他的事情不要管，否則會連累妳媽媽的。」龍耀道。

「像你這樣亂來，我怎麼能不管！」白冰生氣的大吼起來，身周飄動起了雪花，道：「本以為我已經夠亂來的了，沒想到你比我還沒有節制。」

「妳那是小孩子過家家式的撒嬌，而我是為了『自己的正義』而做的。」

「正義也是可以讓步的。」

「我已經讓步過幾次了。但加里·科林卻在不斷的挑戰底限，他必須為自己的愚蠢而付出代價。」龍耀單手高舉著那名魔法師，站在一片烈火狂湧的廢墟中。濃厚的影子投射在地上，扭曲著變成了復仇惡魔的形象。

「但就算加里·科林做的再過分，你也不應該對普通人出手，難道你想變得跟他一樣嗎？」

「誰說我要對普通人出手啊？」

「呃？」

「科林家族之中，除了加里·科林外，一定還有修行魔法的人吧？」

「咦？難道你要對他家族中的魔法師下手？」白冰驚訝的道。

「對！看來問妳就可以了。」龍耀觀察著白冰的表情，將手中的敵人丟在地上，道：「妳知道科林家的其他魔法師嗎？」

白冰的秀眉皺了一會兒，道：「我的確知道有一個，但你卻不一定能見到她。」

「哦！她在哪裡？」龍耀問道。

「等我先調查一下，再詳細的告訴你。」白冰如此拖延道。

在白冰的一再勸阻之下，龍耀才返回飯店等待。白冰知道龍耀的耐性有限，著急的聯絡母親葉卡琳娜，但後者卻突然失去了消息。

龍耀在客房裡等了一天一夜，看起來好像非常平靜的樣子。莎利葉一直在叫各種餐飲服務，客房服務員不斷的送甜食來。而龍耀和維琪好像在玩什麼拼圖，兩人眼前的桌上擺著一張舊地圖，地圖上寫著非常奇怪的字符。兩人拿著大堆的白紙和鉛筆，依照舊地圖不斷複寫出新圖，並試著破解舊圖上的字符。

瓦爾基里知道這是暴風雨前的寂靜，龍耀一定在策畫什麼驚人的計畫。果然在第三天清晨，龍耀三人準備出門了。

「喂！你要去哪啊？」白冰阻攔在飯店走廊裡。

「我從柏林分會拿到了一份加密地圖，破解後得到魔法協會總部——時之塔的地址。」

「你要攻擊時之塔？」白冰驚訝道：「你瘋了嗎？時之塔中，高手如雲，你這是去送死。」

「哼！那可不一定。我沒必要與他們正面交戰，只要對他們施加壓力就行。」龍耀說道。

「你打算怎麼做？」

「用炸藥摧毀時之塔，縱然那些魔法師能逃出，但總部的建築會變成廢墟。」

白冰的嘴角一陣抽搐，道：「瘋了！這會引發戰爭的。」

「那就開戰好了。」龍耀毅然決然的道。

「我不會讓你這麼做的。」白冰身上散發出了寒氣，空氣中飄舞起了雪花。

「那就只能先打倒你了。」龍耀將右拳握起，四周的風突然大變，從走廊兩側呼嘯著湧入。

空氣在走廊之中膨脹，四周的玻璃盡數爆裂，現場氣氛緊張到了極點。

其實，龍耀並不想與白冰動手，也沒想真的炸掉時之塔。他只是裝出一個樣子來，逼白冰說出科林家的人。

瓦爾基里沉不住氣了，縱身躍到兩人中間，「公主，不如把索菲婭．科林的下落告訴他。」

「索菲婭．科林，她是加里．科林的什麼人？」龍耀問道。

「是他的妹妹，巴黎魔法學院的學生。」

「呵呵！看來是一個合適的人選。」

白冰的眉頭皺了一下，「我可以帶你去，但你必須保證，不能再採取過激的行為。」

「可以！我只要索菲婭一人。」龍耀的嘴角泛起了冷笑，向莎利葉遞了一個眼色，道：「去巴黎。」

莎利葉抽出了死神鐮刀，向著飯店的牆壁砍了一刀，神隱之眼打開了一條通道。

「我們走吧！」龍耀率先踏入了其中，維琪緊緊的跟在後面。

莎利葉舔著棒棒糖，示意白冰主僕跟上。白冰和瓦爾基里第一次接觸這東西，兩人猶豫了一會兒才低頭衝了進去。

一陣天旋地轉之後，白冰從另一端鑽了出來，跪在地上乾嘔。瓦爾基里雖然更加強壯，但也感覺五臟六腑翻騰不停。龍耀經過幾次穿梭之後，已逐漸適應了這種狀態，這次沒有露出狼狽的姿態。

現在，五人身處於一片原野之中，綠幽幽的草地一望無際，彷彿整個世界都是綠色的。不遠處有幾座低矮的山，山頭同樣披著綠色的外衣。

「這是什麼地方？」龍耀問道。

「古羅馬時代，這裡是阿波羅神廟，也是學者聚集之處。」莎利葉看了看四周，道：「我曾經在這裡降臨過一次。」

白冰艱難的站起身來，看了看四周的環境，道：「魔法學院就設在阿波羅神廟的舊址上。」

「哦！帶我去。」龍耀道。

五人登上了低矮的小山，在樹林中尋覓了一陣，終於發現了一塊石碑。石碑孤零零的豎在亂石中，上面雕刻著大門的圖案，還寫有一行古老的拉丁文。

龍耀看了一眼碑文，讀道：「此處乃知識和智慧之地，只有被承認的人方可踏入。」

龍耀將手平放在碑文上，能感覺到有魔法在流動，但卻探測不到流向何處。他微微的提升了一些靈氣，猛的將石碑推翻在地上，但石碑卻如不倒翁一般，又慢吞吞的立了起來。

「怎麼進入啊？」維琪奇怪的望向白冰。

白冰的俏臉上露出了奸計得逞的笑容，道：「這石碑就是魔法學院的大門，只有被學院承認的人才可以進入。」

「那我們就沒法進入了？」維琪道。

「對！沒有辦法進去。」白冰聳了聳肩膀，望著龍耀的後背，得意的道：「你可別忘了我們的約定，你答應只針對索菲婭一人，不要想著再幹別的事了。」

「我當然記得了。」龍耀扭頭看了一眼白冰，臉上突然湧出一絲笑意，道：「妳剛才說『只有被承認的人才可以進入』，對吧？」

白冰的心頭突然湧起一絲不祥，道：「對……」

「也就是說，這門有分別之心，歧視非學院的人。」

「那又怎麼樣？」

「哼哼——」龍耀冷哼了一聲。

013 激戰校園

在白冰驚訝的目光中，龍耀突然詠頌起咒令：「我，非魔非聖，藐視三界，不入五行。」

原野上吹起了奇異的風，挾帶著大自然的靈氣，匯聚到龍耀的身旁。

「為救蒼生，寧墜無間。行雖有瑕，意卻無咎。」

靈氣升騰到半空中，凝結成金色的祥雲。祥雲翻動聚集了一陣子，開始降下金色的甘霖。

白冰驚訝的望著這情景，不由自主的向後退幾步，直至躲進瓦爾基里懷中。她本以為自己歷經磨練，已經與龍耀縮短實力差距了，可沒想到那差距卻越來越大，由原本的小水溝變成天塹。

「不求功德，但求無愧。歷經千劫，不泯初心。」

龍耀向著石碑邁步走去，石碑竟然不再抗拒他了，中間出現了一道金色光門。莎利葉和維琪看到這一幕，追隨著龍耀踏入了魔法學院。

「這是怎麼回事？」白冰問道。

「龍耀那個靈場的效果，好像能清除歧視之心。石碑歧視校外之人，但被靈場影響之後，就變得不再排斥了。」瓦爾基里見多識廣，一眼便看出了關鍵。

「我們要追上去嗎？」

「不，還是先通知女皇陛下吧！這下子事情可鬧大了。」瓦爾基里的眉頭皺成了一團。

龍耀的身體裹在透明的光膜之中，穿過一條如同充滿膠水的通道，突然出現在另一個奇怪的時空中。

眼前是一座佔地面積巨大的學院，裡面建有古希臘式的古老建築，大道中央立有太陽神阿波羅的雕像，兩旁栽種著高可參天的橄欖樹。樹蔭下行走的都是年輕學生，身穿黑白兩色搭配的古典校服，男式校服是燕尾禮服，女式校服則是西裝式外套搭配短裙。

大道旁邊有一名男生正在彈豎琴，旁邊坐著三名手持摺扇的女孩子，整個場景就像在世外桃源中一般。

可忽然，悠揚的琴聲因龍耀的闖入而被打斷，四人一起驚訝的看向這個不速之客。

「你是什麼人？」手持豎琴的男生彈出一個音符，那音符如同子彈般飛射而來。

「此生所願：替天行道，渡罪斬業，捨生取義。」龍耀唸完咒令的最後一段，同時伸手將魔法音符彈開。

金色的雨滴開始變大了，直至形成一道道的雨線。被金雨淋到的四名學生，體內的魔力轉瞬被抽空，都虛弱的趴倒在地上。

「哼！太弱了。」龍耀嘟噥了一聲，向著學院深處走去。

學院中的學生大多數都是魔法學徒，根本無法與等級LV5的靈能者抗衡。龍耀的金雨所灑過的地方，就像釋放了催眠瓦斯一般，橫七豎八的躺滿了魔法學徒。

但突然，一陣魔法的狂風挾著塵土飛來，讓龍耀的腳步停止在了教學樓前。幾名高年級的學生從塵土中走出，左臂的袖章上寫著拉丁文的「紀檢」，看來是維持學院紀律的學生幹部。

「很好！終於出來幾個像樣的了。」龍耀的嘴角露出一絲冷笑。

「你是東方道門的門徒嗎？」為首的一人問道。

「不是。」

「那你是誰？」

「我是龍耀。」

「咦？魔法協會指定的A級危險人物？」

本來趾高氣揚的一群人，臉色立馬變得難看了。

「我是為了一個人而來，如果你們不想受傷的話，那就把她乖乖的交出來……」

但龍耀的話還沒有說完，忽然有一人飛躍了出來，道：「就算是A級危險人物，也只是跟我們同齡的人，何況東方道門日漸衰落，料他也沒有多少本事。」

說話的是一名體格壯碩的青年人，強壯的體格給他帶來過度的自信。他在半空中唸動一句咒語，將右臂變成由鎧甲防護的武器。鎧甲向後方激射出一束火焰，推著他如火箭似的砸了下來。

龍耀冷靜的打開第六感，掃描了一眼對方的實力，見是一名低階的魔法師。他冷哼著伸出一隻手來，一把攥住了對方的鎧甲武器，道：「奪天地一氣。」

巨大的引力自龍耀手中發出，轉瞬間就將鎧甲中的魔力吸乾。那人眼睜睜的看到火焰熄滅，自信的臉上出現了難以置信的震驚。

龍耀慢慢的攥緊了手指，「啪」的一聲將鎧甲攥碎，直接捏著對方的手掌，問道：「我問你，索菲婭．科林在哪裡？」

「咦？你要找魔法學院的舞會皇后？」那人驚訝的道。

「哦！索菲婭．科林是舞會皇后嗎？看來科林一家都很愛出風頭啊！」

那人見龍耀的注意力都在上方，便突然啟動了腿上的魔法陣，變化出一條有鎧甲防護的腿。

但龍耀早就感應到了魔力流動，先一步將那人甩飛到半空中，然後轉體上步，弓步分手，打出一記「野馬分鬃」。那人起先感覺擊打的力度很小，但旋即感到一股綿力深入內臟，接著內部的衝擊力帶著他狂退，一直到撞碎了後方的教學樓大門。

為首的一名學生看出了門道，道：「剛才那不是道門的格鬥術『太極拳』嗎？你還敢說自己不是道門的人！」

龍耀為了弄懂「缺一者為尊」，翻閱了大量的道門典籍，不知什麼時候看過「太極拳」。本來他是無心研究格鬥術的，但今天卻隨手就用出來了。

「隨便你們怎麼想吧！」龍耀的姿勢自動回到了太極起式，道：「我只需要索菲婭，並不想傷害你們。」

「住口！還沒分出勝負呢！大家一起上，殺掉他！」為首的學生高叫一聲，所有的人都撲了過去。

龍耀左右架招，雙手如同拈花，腳下不斷劃圓，彷彿徜徉在雲端一般。即使再多敵人攻來，也根本無法觸碰到他。學生們很快就敗下陣來，橫七豎八的倒在地上，但更多的學生湧了過來，在遠處組成了魔法陣，一起唸動咒語降下了小流星。

龍耀輕鬆的迴避掉流星，突然伸手彈出了龍涎絲。十名學生被十條龍涎絲纏住，接著被龍耀一把扯到了半空中。

龍耀從容的旋轉著身子，將龍涎絲盡力甩飛起來，那十人如同坐在風火輪裡一般，忍不住張嘴發出了尖叫聲。龍耀瞄準另一群準備攻擊的學生，猛的將那十人投擲過去，那群人便像多米諾骨牌似的全倒了。

「大地女神，保護我吧……」有高年級的學生發動了咒語，大地突然挺出了幾堵土牆。

龍耀如同幻影一般閃到了近前，向著土牆奮力的轟擊出一拳，拳頭擊穿了厚厚的土牆，直至打到對面學生的臉上。另一名學生挺著長槍趁機刺來，龍耀手臂猛的橫掃敲碎了土牆，一把將長槍攥在了手心裡，同時一腳將對方踢飛了出去。

龍耀雙手旋了一個槍花，格擋下一連串的魔法箭，轉身使出太極槍中「蒼龍擺尾」，將一柄騎士劍挑飛了起來，又跟上一腳將對手踢飛了出去。

「啊！」一名身材臃腫的學生撞了過來，如同一團滾下山的肉球似的。龍耀飛身使出一招「夜叉探海」，但長槍竟然崩斷在對手的胸前。

「嘿嘿！脂肪強化。」胖子將魔力提升了起來，脂肪轉瞬間變成了鐵塊，「去死吧！」面對撲壓下來的巨型脂肪球，龍耀雙手猛的按在對方的胸口上，雙手帶著靈氣畫了一個太極，道：「以柔克剛。」

靈氣滲透到脂肪壁後，牽動著胖子內臟亂搖，胖子的魔力頓時一滯，接著便被舉了起來。龍耀雙手旋轉著胖子，就像轉動一顆大號籃球，隨手擲向旁邊的牆壁，轟然將教學樓砸塌了一塊。

龍耀低頭看了看雙手，感覺這次戰鬥好輕鬆，輕鬆的讓他不敢相信。

龍耀仔細的琢磨了一下，終於發現了原因所在。原來以前自己經歷的戰鬥，都是越級挑戰一些高手，比如李洞旋、張鳴啟、冰霜劍皇、蘆屋道志、金覺老和尚，這些人都是超一流的高手，與他們過招如履薄冰一般，一不小心就會遭到滅頂之災。

雖然每一次龍耀都能取得最終的勝利，但這其中摻雜了不少的智謀和運氣。而如今，實力的高低對比逆轉過來，龍耀擁有了壓倒性的實力，所以能輕鬆的對付魔法學徒。

「難怪玩網遊的人都喜歡虐菜，原來虐待菜鳥是這麼爽的事啊！」龍耀感嘆了起來。

魔法學院內變得一片混亂，警衛用的魔法機兵衝了出來。這些魔法機兵是由魔法催動的機械裝置，高約三米，重二十噸，裝備各式遠近武器。

一名魔法機兵向著龍耀衝來，中途從背後抽出了短柄戰斧。龍耀正準備出手防禦之時，莎利葉的鐮刀旋轉著飛來，將魔法機兵的一隻手斬斷。

另一名魔法機兵肩頭扛著大炮，半跪著向大炮中充入魔法能量，然後射出一道粗壯的紅色光芒。維琪的纖手在《最終遺言》上一拂，一道金色的光屏遮擋在前方，如盾牌似的擋下了魔炮。

莎利葉跳到了龍耀身旁，道：「這裡交給我們了。」

龍耀看了一眼維琪，道：「妳們兩人互相照應，千萬不要再分開了。還有，這些人只是魔法學徒，並沒有犯下不可饒恕的過錯，妳們不要傷了他們的性命。」

「明白。」兩人一起點頭道。

龍耀躲避著魔法機兵的轟擊，如二戰時的搶灘登陸，連翻帶滾的衝進教學樓中。教學樓裡掛滿了古畫，就像是一座古代藝術的博物館一般。龍耀漫步在藝術的殿堂之中，但卻沒有絲毫的心情觀賞。

教學樓裡早已經變得空空蕩蕩了，但龍耀還是希望能找一個人來問話。龍耀迅速的搜索遍了大樓，終於在最後一個房間中感受到了氣息。

龍耀將手按在門把上，但門突然變成了赤紅色，轟然一聲爆炸成了碎片。

「成功了！炸死他了。」門內傳來了女孩們的歡呼聲，但這種慶祝只持續了一秒。

龍耀手握著沒門的把手，徑直來到女孩們面前，道：「我只要索菲亞・科林，妳們誰知道她在哪？」

「啊！」女孩們發出了刺耳的尖叫，連臉上的化妝品都崩碎下來了。

忽然，有一個女孩勇敢的站了出來，手持一根紅寶石打造的短法杖，像是手持短刀似的猛刺了過來，並大聲喊道：「大家跟他拚了！」

其他女孩也跟著行動，但卻不是跟龍耀拚命，而是拋棄了她們的同學，從破碎的門中逃走，有人還不忘留下一句話，道：「她就是索菲婭。」

龍耀抓住了那根短法杖，單手將索菲婭提了起來。女孩倔強的抓著法杖不鬆手，直至被龍耀丟在講桌上。

「妳就是索菲婭嗎？」龍耀問道。

「對！就是我。你竟然敢找我的麻煩！」索菲婭高傲的噘著小嘴，道：「你知道我哥哥是誰嗎？如果讓他知道我受了欺負，那你就等著被千刀萬剮吧！」

「很好！起初我還擔心你們兄妹關係不好，那樣妳就沒有當人質的資格了。現在聽妳這麼一說，我就放心多了。」

「你到底是誰？」索菲婭終於意識到了事態的嚴重。

「我是龍耀。」

「啊！哥哥的最大敵人？」

「看來妳聽說過我啊！」龍耀後退了一步，打量起索菲婭。

索菲婭是標準的日耳曼人，打著波浪捲的棕色長髮，微微上挑的高傲眉毛，深邃內陷的的眼窩，棕褐色帶著微光的雙瞳，鼻梁是西歐人典型的高聳，嘴唇紅豔且非常的飽滿。龍耀捏著下巴思索了一會兒，感覺這女孩一點也不像她哥，難道兄妹倆一個像父親，另一個像母親嗎？

索菲婭身上穿著標準的制服，白色的襯衫上繫著紅領帶，下身是西裝式的喇叭裙。但根據龍耀的目測，她私自改過了裙襬長度，將裙子改短了三公分，露出了更多粉白的大腿。

龍耀好奇的拉起了裙襬，歪著頭向裡面看了一眼，看見一條黑色的蕾絲內褲，還有性感的吊帶絲襪。雖然龍耀這一舉動完全是無心的，但坐在桌上的索菲婭卻被嚇了一跳，以為接下來身子就要被玷汙了。

「啊！放開我，色狼！」索菲婭雙手高舉起短法杖，紅寶石綻放出璀璨的光芒，儲存在裡面的魔力爆發了出來，形成一道粗長的紅色激光束。

索菲婭握著短法杖，就像握著手電筒似的，向著龍耀橫掃了過來。龍耀靈巧的閃避了過去，但紅色的激光卻無限的延伸，將整幢教學樓的外牆割斷了。

教學樓的地板破裂成了碎塊，索菲婭坐著的講桌滑落了下去，眼看就要掉進碎石之中了。龍耀射出了一條龍涎絲，將索菲婭拉扯回了身邊，抱著她從廢墟中跳了出來。

龍耀在要降落到地上的一瞬間，忽然感到一股濃厚的殺氣，於是提氣在半空中滯停了一秒鐘。兩發魔法子彈擦著龍耀的腳飛過，將後面的一座石雕像炸成了碎塊。

「好敏銳的感覺。」對面出現一個中年人，衣著就像一名西部牛仔，雙手握著兩把左輪槍。

「肯特老師，快來救我！」索菲婭呼救道。

「哦，原來是魔法學院的老師啊。」龍耀道。

「哼！他不僅是學院的老師，還是時之塔的時之守衛者。」索菲婭得意的說道。

魔法協會的魔法師可以分成兩類：一類是理論研究型的，擁有高深的理論知識，但卻對戰鬥並不精通，高階魔法師卡穆斯就是這種；另一類則是前線戰鬥型的，擁有豐富的戰鬥經驗，時之守衛者就是由這種魔法師組成的組織，專門替時之塔去完成戰鬥任務。

龍耀依然很平淡，道：「跟布雷是同一組織嗎？」

「咦？難道你跟第十六號時之守衛者交過手？」

「手下敗將，不值一提。」龍耀的鼻子裡哼出一道冷氣。

索菲婭原本抱著極大的希望，但聽到龍耀如此輕鬆的語言，頓時感覺到處境十分不妙，掙扎著想逃脫龍耀的雙手。

龍耀看到莎利葉趕了過來，便將索菲婭高舉過頭頂，道：「打開神隱之眼，把她送回家去。」

莎利葉向著地面砍了一刀，地上裂開一條大口子。龍耀將索菲婭頭朝下一丟，丟進了亞空間通道中。

神隱之眼的出口出現在龍家的天花板上，頭暈目眩的索菲婭一頭栽落在沙發上，差點壓到正在看電視的寵物兔子。葉晴雲聽到了碰撞聲，拉起做功課的胡培培，一起從書房裡衝了出來。

「啊！怎麼又多了一個女孩啊？」葉晴雲不悅的叫道。

「看來這是龍耀送回來的德國特產。」胡培培道。

索菲婭沒明白出了什麼事，只是發覺時間變成了夜晚，而且身處在某個東方國度。這讓她馬上聯想到龍耀，第一時間就使用出了魔法攻擊。紅寶石法杖發出耀眼的光，「嗶」的一聲擊倒了胡培培。

葉晴雲趕緊彈動了一下手指，想要發動靈訣「一彈指千年」，但卻被索菲婭搶先了一步。

「禁言術！」索菲婭使用了魔法。

「啊！」葉晴雲張合了幾下嘴，卻沒有說出靈訣的咒令。

索菲婭稍稍喘了一口氣，卻突然看到胡培培站了起來，燒焦的腦袋上還冒著青煙。

「啊！殭屍——」索菲婭發出一聲尖叫，朝著房門的方向奔去。

但當索菲婭焦急的拉開房門之時，卻看到一個五大三粗的緊身衣壯漢，肩膀上坐著一個滿臉淡定的小女孩。

「啊！變態——」索菲婭再次大叫起來，向百地壘使用出魔法。

但十御卻突然抽出一張靈符，「啪」的一聲貼在索菲婭額頭上。索菲婭猛的向後飛退，直到身體懸掛在了客廳牆壁上，就好像被那張靈符釘穿了一般。

十御懸浮著進入客廳，命令百地壘將包裹放下，道：「歌迷們送我好多禮物，妳們挑些喜歡的吧。」

「咦！真的嗎？」胡培培挺著焦糊的腦袋，開始拆解禮盒，道：「不知道有沒有鑽戒啊？我聽說有錢的歌迷經常送首飾給偶像。」

「培培，這些都是歌迷送給十御的，妳不要亂來啊！」恢復說話能力的葉晴雲拉扯著道。

索菲婭被釘在牆壁上，像被擱置的衣服似的，眨巴著棕色的大眼睛，發了好一會兒呆，才用德語大叫道：「放我下來啊！你們究竟是什麼人，抓我來想做什麼？」

另一邊，龍耀正與肯特激戰，兩人都使用遠程武器，在塵土飛揚中互相射擊。

肯特旋轉了一下雙槍，空彈殼彈退了出來，換上紅色的子彈，「魔彈．猩紅的獵殺者。」

「砰——砰——砰——」十二發紅色魔彈一起射出，劃著弧線襲擊向了龍耀。

龍耀閃身向著側面飛奔，但魔彈卻緊追在身後。這些魔彈都被施加了咒術，追隨著龍耀的氣息一刻不停。

「哼！一氣化三清。」龍耀的身影一陣恍惚，留下一個替身擋住子彈，真身猛的躥向了肯特。十二發紅色魔彈果然中計，全都爆裂在替身身上。

肯特趕緊旋轉雙槍，又換上了黃色子彈，「魔彈‧惡黃的疫病者。」

黃色的子彈飛射到半空，突然爆裂成了一團毒霧，毒霧濺射到龍耀的衣服上。龍耀在第一時間脫掉衣服，在衣服遮擋住毒霧的瞬間，閃身來到肯特的面前，近距離向他彈出針灸針。

肯特的眼睛頓時瞪得溜圓，腰身向著後方猛的一折，發動起時間相關的魔法，「子彈時間。」

肯特的身體移動速度突然變快，感官和反應也上升一個層次，以毫釐的差距躲掉了針灸針。

龍耀的眉頭稍微一皺，上前踢出一記下壓腿，目標是肯特向後彎的腰。

「子彈時間。」肯特再次發動了時間魔法，身體向後做了一個空翻。

龍耀一腳踏空在了地面上，將厚實的地板踩得粉碎，道：「原來如此啊！你的魔法是改變自身的移動速度。」

「你是無法打中我的。」肯特道。

「哼哼！但這也暴露了你不擅長近身格鬥的缺點。」龍耀整理了一下襯衫，道：「既然我們彼此都佔不到便宜，不如今天就到此結束吧，反正我已經得到了想要的。」

「你——把索菲婭抓到哪裡去了？」肯特一時激動，稍微踏前半步。

這長度大約只有二十公分，但在高手過招的過程中，這已經是致命的錯誤了。龍耀突然向前一移步，隔空打出一記綿掌。綿掌似慢實快的向前，帶著靈氣正中胸口。肯特聽到胸骨傳來脆響，同時身體後翻吐血飛退。

「你在時之守衛者中排多少號？」龍耀問道。

「第十五號。」肯特答道。

「只比布雷高一號嗎？」龍耀輕輕的搖了搖頭。

「龍耀，你不要太得意了！今天高階教師都不在，算你走了一個大運，否則……」

「哈哈！我倒是覺得，是他們走了大運。」

「你……」

忽然，遠處傳來了震天巨響，阿波羅神像竟然活動了，從大理石底座上跳下來，舉劍向著龍耀衝來，沿路的建築盡數被撞倒。

「哥哥，小心！」維琪打開了《最終遺言》，將孫悟空召喚了出來。

全身燃火的巨猴看到阿波羅，掄起金箍棒格擋下了長劍。兩個怪物就此戰到了一處，大地在踩踏中不斷震顫，一幢幢的教學樓受到波及，如海灘上的沙塔般倒下。

龍耀仔細的看向阿波羅雕像，忽然發現它的手腳上捆著鋼絲，沿著鋼絲看向學院大門處，見站著一個花白鬍子的老頭，手裡握著演木偶戲用的由鉤牌。

「什麼人？」龍耀問道。

「我是加里和索菲婭的爺爺，魔法協會的高階魔法師，人偶師傑佩托·科林。」老頭子自我介紹道。

「呵呵！原來科林家還有不少魔法師啊！」

「把孫女還給我！」傑佩托．科林怒吼道。

「這可不行。」龍耀猛的躥上前去，一拳直擊對方面門。

但傑佩托．科林的腰間一動，突然彈出一個木偶人，竟然擋下了龍耀的拳。龍耀在半空中轉身，使出一個旋轉三百六十度的掃踢，但那木偶人又一次擋了下來，它好像能看透人心一般。

「匹諾曹，不要急躁，不要急躁。」

傑佩托．科林大聲喝斥木偶人，但後者似乎並不怎麼聽話，反而將鼻子突然變得很長，如長矛似的刺向了龍耀的前心。

莎利葉突然閃身到傑佩托身後，猛的將鐮刀橫向了老頭的後頸。木偶人停止了對龍耀的攻擊，轉身拖著傑佩托猛的向旁邊一閃。龍耀稍微後退緩了一口氣，又一次的揮手刀砍了出去。

就在這時候，周圍的氣溫驟然下降，天空中布滿了灰色的雲，雪花漫天飛舞著落下。地面上突然湧起無數把冰劍，將龍耀和莎利葉阻隔了開來。

龍耀揮動拳腳擊斷了冰劍，將頭頂的金雨下得更大，道：「劍皇，我一直在等妳。」

冰霜劍皇葉卡琳娜身穿白金色的皇袍，乘著一柄巨大的冰劍飛舞過來，看了一眼變成廢墟的魔法學院，以及還在遠處扭打的孫悟空和阿波羅，道：「龍耀，你什麼時候能改掉這種衝動的脾氣？」

「哼！如果我不『衝動』的話，恐怕妳現在還不會露面。」龍耀看了一眼傑托佩，道：「這老頭是妳帶來的？」

「不錯！傑佩托是魔法協會的長老之一，不過他是溫和派的，反對進行玄門戰爭。」劍皇回答道。

「哦，跟加里．科林正相反啊！」龍耀聳了聳肩膀，道：「妳帶他來做什麼？」

「我們想到一個既能解決爭端，又能將危害控制在最小的辦法。」

龍耀的眼神放出一道精光，道：「說來聽聽。」

「按照魔法協會多年前的計畫，一年後就是『母樹戰爭』的時間。負責培養『母樹』的九大魔法家族，將會用魔法展開激烈的角逐，勝者將取得九大家的支配權，實質上就是控制了魔法協會。」

聽到「母樹」這個詞，龍耀下意識的看向維琪，維琪也下意識的抱住了龍耀。

龍耀輕輕撫摸著維琪的後背，道：「這跟我有什麼關係？」

「在我和劍皇的強烈提議之下，長老會決定擴大『母樹戰爭』的規模，邀請東方玄門的人也加入。」傑佩托·科林輕咳了一聲，道：「最後的勝利者將成為東西兩方玄門的總會長。」

龍耀的眉頭皺緊了起來，道：「這的確是個好辦法！只要派出代表參加競賽，就可以避免大規模殺戮了。」

「但是，東方玄門不一定會接受這個提議。」劍皇說出了擔心。

「我會去說服他們的。」

「那好吧！但在那之前，你先要把索菲婭還回來。」

「不可能！除非妳把艾憐還給我。」

「可是現在聯繫不到加里·科林。」

「那我只能扣押索菲婭做人質了。」

「龍耀，不要逼我。」劍皇有些生氣了。

「劍皇，注意妳的立場，妳的婦人之仁，只會縱容加里·科林犯惡。」龍耀道。

劍皇的俏臉上布滿了怒氣，四周的大地一陣破裂，無數的冰劍拔地而起，如同冰山似的聳立在一旁。龍耀的臉上布滿堅定的神色，頭上金色的祥雲越聚越多，金色的細雨逐漸變成暴雨。

「萬劍歸宗。」劍皇慢慢的旋動起雙手，背後綻放出由冰劍組成的花朵。

「大衍之數五十，其用四十有九。」龍耀將雙手交織在一起，一條條的龍涎絲伸展開來。

現場氣氛劍拔弩張，驚世大戰一觸即發。可突然，天空中閃過一道金光，如流星般垂直砸落下來，帶著極其強大的真氣。轟然一聲爆響，「流星」落在龍耀和劍皇中間，將兩人都震退十幾米，連龍涎絲和冰劍也被震碎了！

待凌厲的真氣彌散之後，劍皇才抬頭看向中央，表情瞬間變得肅穆起來，趕緊撩袍半跪在地上，道：「徒弟葉卡琳娜，拜見師尊大人。」

龍耀揮手蕩開眼前的塵土，看向了劍皇所跪拜的東西，見是一塊紫檀木製的令牌，令牌上寫著：東方道門總壇蓬萊閣第四天尊者——九天玄女，敕令。

那令牌上散發讓人震驚的力量，連龍耀都有一種下拜的衝動。

莎利葉伸手拉了拉他的衣袖，小聲的道：「這人的力量不是人類能有的。」

「如果換算成靈能者，那她會有多少級啊？」龍耀問道。

「LV8。」

「咦！這世界上還沒有出現過LV8的靈能者呢！」

「所以，我才說她的力量不是人類能有的。」

劍皇畢恭畢敬的跪在地上，收斂起身上的帝皇傲氣，道：「不知師尊降臨，有何指教？」

「哼！本尊只不過閉關數年，天下就亂成這樣子了。魔法協會屢次挑釁，是欺我東方無人了嗎？」一個空靈的女聲嚴厲的問道。

傑佩托閉口不言，低著頭站在一旁。

「本尊現在代表東方玄門，接下魔法協會的邀請了，一年之後會與你們分個高下。」

「是！是！」傑佩托喏喏的答道。

「另外，在這一年內，不許再找龍耀的麻煩，這後生現在是我的了。」九天玄女宣布道。

維琪瞪了瞪大眼睛，緊緊的抓住了龍耀，道：「哥哥，她想老牛吃嫩草嗎？」

龍耀趕緊拍了拍維琪的腦袋，道：「小丫頭，別胡說，惹惱了她，我可救不了妳。」

令牌傳遞完九天玄女的話，便化成一道勁風衝向了天空。

龍耀和劍皇都收起了靈氣，金雨和冰劍逐漸消失了。天空中露出了明媚的太陽，展露出這世界美好的一面。

莎利葉向著空氣劈出一刀，一隻神隱之眼浮現了出來。龍耀擁著維琪進入了虛空，只留下一句話在飄蕩。

「一年後，再見！」

靈能之森05 無咎之心　完

《靈能之森》全套完結，感謝讀者支持！

購書方式：可至全省金石堂門市、誠品、一般書店購買，或上網至新絲路網路書店、博客來網路書店、華文網網路書店、金石堂網路書店訂購。

000 後記

本篇小說至此結束了！感謝大家長久以來的支持。

雖然這篇小說的篇幅短了一些，但卻給我帶來了很大的收穫，甚至超過以前的任何一本長篇。

曾經有讀者問我，什麼樣的小說，才能算是一本好小說？

沉思之後，我的回答是，能引人思考的小說。

是的！引人發笑的小說也好，引人痛哭的小說也好，只有引人思考的小說，才是真正的好小說。

後記

隨著時間的無情流逝，書的內容必將被淡忘，只有書中引發的思考，會伴隨著你走過一生。我希望將更多的思考，拿來與讀者們分享，所以一直都在努力著，希望用最有趣的故事，引出最有價值的思考。如果有那麼一天，這些思考會幫助到你，那將是對我最大的獎賞了。

還有讀者好奇於我的寫作過程，經常詢問我一些日常的事情。其實寫作是一件既有趣，又枯燥的事。

一篇小說在發表之前，要經歷長時間的選題，構思出幾個備用的題材，然後與編輯討論優劣。在選中了某一個題材之後，便要開始做大量的準備工作，包括收集和閱讀相關資料、設定人物和故事背景、大體的寫出故事脈絡、制訂出詳細的章節大綱，然後才開始寫第一集的開篇。

萬事開頭難！第一集的開篇是最耗費時間的，既要點明全書的主旨，又要明確整套書的風格，還要吸引初讀此書的讀者。

不過，好的開始，就是成功的一半。第一集的開篇寫好之後，小說就可以順利展開了。然後便進入了日常的寫作，按照出版社的進度安排，按時完成每一期的稿子。不過因為有很多生活中的瑣事，還有些時候沒有寫作的靈感，所以寫稿的日程經常被打亂，於是就會陷入恐怖的「趕稿地獄」。

你還記得小時候太調皮了，假期結束後沒完成作業，清晨坐在嘈雜的教室裡，聽著上課鈴聲慢慢的響起，滿頭大汗的趕作業時的情景嗎？

對！就是那種感覺，就好像半截身子已經陷入了地獄，另半截身子還在努力掙扎一般。

不過，幸運的是編輯沒老師那麼嚴厲，可以適當的寬限一下交稿時期。

聽起來，是不是很累？其實，賣力「寫」的時間很少，大部分時間還要「思考」。所以，與其說是「寫」作，倒不如說是「思」作。

交稿之後，就可以輕鬆一下了！旅遊、購物、找朋友玩、聽音樂、看電影、讀小說、補《霹靂布袋戲》……

最後，因果律再次開始循環，又陷入了「趕稿地獄」……

接下來，預告一下正在準備的新小說吧！下一部小說又回到了西幻題材，這也是我最擅長的一種類型。

後記

初步計畫將文明設定在一個架空的時代，這個時代的人類發現了一種新能源，這種新能源尚未被完全解明，但卻已經展現出驚人的威力和前景。

在這種新能源的催化之下，魔法與刀劍逐漸被時代拋棄。過去，一名法師需要修煉幾十年，才能放出一個像樣的火球術；如今，使用新能源推動的火焰槍，一個乳臭未乾的小毛孩子，就能輕易的打翻一隊重甲騎士。

時代的前進，人類的夢想，自由的腳步，這些都是擋不住的。

舊時代英雄淪落的同時，新一代的英雄也將崛起了。但是，就是有一些人不甘心被埋沒，希望能永遠的做一個時代的弄潮兒。

我們的新主角就是這樣的一個人，他被強拉硬扯的選為這時代的魔王。魔王的日常工作只有一件，那就是去掠奪一位公主，等著勇者找上門來殺全家，然後復活再去掠奪一位公主，再等著勇者找上門來殺全家。

在這種無限循環的「勇者戰魔王」的故事中，公主一直扮演著「第三者」的尷尬角色。直到有一位不同尋常的公主出現，不落窠臼的打破了這種怪圈，幫助魔王幹掉了勇者全家。

這件事引發了主角的思考，他明顯的感覺到被時代拋棄了，完全沒有古代魔王的威風，他的名號甚至不足以嚇跑一隻哥布林。

為了在這個時代豎立形象，主角打算去幹點別的事情，比如說去人類的學院混個文憑、去學習一下新能源的開發技術，去跟傲慢的勇者搶搶活計，順便去拯救一下世界……

七夜茶　二〇一二年六月

狂狷文庫
最熱血沸騰的兄弟情誼！最高潮迭起的故事內容！
最令人動容的家族溫情！最暢快淋漓的戰場廝殺！
架空歷史第一知名作者庚新
用最細節的刻畫，完整呈現您所不知道的三國風貌，
邀請您一同走入歷史，再活一次！
三國風雲之
曹賊
庚新 著
超合金叉雞飯 繪
全國各大書店、租書店、網路書店持續熱賣中
卷壹 三國風雲之來生不做英雄
卷貳 三國風雲之男兒志在四方
卷參 三國風雲之俠者以武犯禁
卷肆 三國風雲之天罡三十六刀
卷伍 三國風雲之帝都誰與爭鋒
★更多詳細內容請搜尋★
不思議工作室
立即搜尋
典藏閣
采舍國際
www.silkbook.com
版權所有© Copyright 2012

西元2102年，美國紐約市，
這裡聚集了所有人類與非人類的佼佼者——
狼人、吸血鬼、與強大邪惡的黑暗渾沌…
身為范郝辛一族的NERO，第四十八代獵魔
即使餓著肚子，也要不畏艱難出發拯救世
作者紅茶君與繪者布里斯，打造克蘇魯神話世界——
惡魔獵人
NERO
蘋果日報排行榜首週排名第十，次週擠入前三！
01 降臨！舊日支配者
02 強襲！火焰之邪神
03 真相！阿爾法之心
04 危機！饗宴之悲歌
全國各大書店、租書店、網路書店
持續熱賣中！
★更多詳細內容請搜尋★
不思議工作室_
立即搜尋
典藏閣
采舍國際
www.silkbook.com
版權所有© Copyright 2012

靈能之森/ 七夜茶作. -- 初版. --新北市：
華文網，2012.01-
冊； 公分. --(飛小說系列)
ISBN 978-986-271-246-7(第5冊：平裝). ----

857.7 100026213

靈能之森

05 無咎之心

A Faultless Heart

-The End-

七夜茶×嵐月

飛小說系列031

靈能之森05-無咎之心(完)

出版者■典藏閣
作　者■七夜茶　繪　者■嵐月
總編輯■歐綾纖
製作團隊■不思議工作室
郵撥帳號■50017206 采舍國際有限公司（郵撥購買，請另付一成郵資）
台灣出版中心■新北市中和區中山路2段366巷10號10樓
電　話■(02)2248-7896　傳　真■(02)2248-7758
物流中心■新北市中和區中山路2段366巷10號3樓
電　話■(02)8245-8786　傳　真■(02)8245-8718
ISBN■978-986-271-246-7
出版日期■2012年8月
全球華文國際市場總代理／采舍國際
地　址■新北市中和區中山路2段366巷10號3樓
電　話■(02)8245-8786　傳　真■(02)8245-8718
新絲路網路書店
地　址■新北市中和區中山路2段366巷10號10樓
網　址■www.silkbook.com
電　話■(02)8245-9896
傳　真■(02)8245-8819

☞您在什麼地方購買本書？☜

☐便利商店＿＿＿＿＿☐博客來　☐金石堂　☐金石堂網路書店　☐新絲路網路書店

☐其他網路平台＿＿＿＿＿☐書店＿＿＿＿＿市／縣＿＿＿＿＿書店

姓名：＿＿＿＿＿地址：＿＿＿＿＿＿＿＿＿＿＿＿＿＿＿＿＿＿＿＿＿＿＿＿＿＿

聯絡電話：＿＿＿＿＿電子郵箱：＿＿＿＿＿＿＿＿＿＿＿＿＿＿＿＿＿＿＿＿＿＿

您的性別：☐男　☐女

您的生日：＿＿＿＿＿年＿＿＿＿＿月＿＿＿＿＿日

（請務必填妥基本資料，以利贈品寄送）

您的職業：☐上班族　☐學生　☐服務業　☐軍警公教　☐資訊業　☐娛樂相關產業

☐自由業　☐其他＿＿＿＿＿＿

您的學歷：☐高中（含高中以下）　☐專科、大學　☐研究所以上

☞購買前☜

您從何處得知本書：☐逛書店　☐網路廣告（網站：＿＿＿＿＿＿＿）　☐親友介紹

（可複選）　☐出版書訊　☐銷售人員推薦　☐其他

本書吸引您的原因：☐書名很好　☐封面精美　☐書腰文字　☐封底文字　☐欣賞作家

（可複選）　☐喜歡畫家　☐價格合理　☐題材有趣　☐廣告印象深刻

☐其他＿＿＿＿＿＿＿＿＿＿

☞購買後☜

您滿意的部份：☐書名　☐封面　☐故事內容　☐版面編排　☐價格　☐贈品

（可複選）　☐其他

不滿意的部份：☐書名　☐封面　☐故事內容　☐版面編排　☐價格　☐贈品

（可複選）　☐其他

您對本書以及典藏閣的建議＿＿＿＿＿＿＿＿＿＿＿＿＿＿＿＿＿＿＿＿＿＿＿＿＿

＿＿＿＿＿＿＿＿＿＿＿＿＿＿＿＿＿＿＿＿＿＿＿＿＿＿＿＿＿＿＿＿＿＿＿＿＿＿

＿＿＿＿＿＿＿＿＿＿＿＿＿＿＿＿＿＿＿＿＿＿＿＿＿＿＿＿＿＿＿＿＿＿＿＿＿＿

✌未來您是否願意收到相關書訊？☐是　☐否

✍感謝您寶貴的意見✍

✌From＿＿＿＿＿＿＿＿＿＿＿@＿＿＿＿＿＿＿＿＿＿＿＿＿＿＿＿

♦請務必填寫有效e-mail郵箱，以利通知相關訊息，謝謝♦

印刷品

$3.5
請貼
3.5元
郵票
不思議信箱
FUSIGI POST

235 新北市中和區中山路二段366巷10號10樓

華文網出版集團　收

（典藏閣－不思議工作室）

靈能之森

05 無咎之心

A Faultless Heart

-The End-

七夜茶×嵐月